हिन्द पॉकेट बुक्स

फेलू दा एंड कंपनी

सत्यजित राय बीसवीं शताब्दी के सर्वोत्तम फिल्म निर्देशकों में गिने जाते हैं। उन्होंने अपने जीवन में 37 फिल्मों का निर्देशन किया, जिनमें फीचर फिल्में, वृत्तचित्र और लघु फिल्में शामिल हैं। इनकी पहली फिल्म *पथेर पांचाली* को कान फिल्मोत्सव में मिले 'सर्वोत्तम मानवीय प्रलेख' पुरस्कार को मिलाकर कुल ग्यारह अंतरराष्ट्रीय पुरस्कार मिले। यह फिल्म *अपराजितो* और *अपुर संसार* के साथ इनकी प्रसिद्ध अपु त्रयी में शामिल है। फिल्म-निर्माता के अतिरिक्त वे कहानीकार, प्रकाशक, चित्रकार और फिल्म-आलोचक भी थे। राय को जीवन में कई पुरस्कार मिले, जिनमें अकादमी मानद पुरस्कार और भारत रत्न शामिल हैं।

फेलू दा एंड कंपनी

सत्यजित राय

हिन्द पॉकेट बुक्स
पेंगुइन रैंडम हाउस इम्प्रिंट

हिन्द पॉकेट बुक्स

यूएसए। कनाडा। यूके। आयरलैंड। ऑस्ट्रेलिया। सिंगापुर
न्यू ज़ीलैंड। भारत। दक्षिण अफ्रीका। चीन

हिन्द पॉकेट बुक्स, पेंगुइन रैंडम हाउस ग्रुप ऑफ़ कम्पनीज़ का हिस्सा है, जिसका पता www.hindpocketbooks.com पर मिलेगा

पेंगुइन रैंडम हाउस इंडिया प्रा. लि.,
चौथी मंजिल, कैपिटल टावर -1, एम जी रोड,
गुड़गांव 122 002, हरियाणा, भारत

पेंगुइन
रैंडम हाउस
इंडिया

प्रथम हिन्दी संस्करण हिन्द पॉकेट बुक्स द्वारा 1972 में प्रकाशित
यह हिन्दी संस्करण 2019 में प्रकाशित

10 9 8 7 6 5 4 3 2

ISBN 9789353490355
मुद्रकः रेप्रो इंडिया लिमिटेड

www.penguin.co.in

FSC www.fsc.org
MIX
Paper from responsible sources
FSC® C047271

This is a legitimate digitally printed version of the book and therefore might not have certain extra finishing on the cover.

अनुक्रम

बंबई का दस्यु

□□

लालमोहन गांगुली उर्फ जटायु के हाथ में मिठाई का डिब्बा देखकर मैं आश्चर्यचकित हो गया। आमतौर से जब वे हमारे घर पर आते हैं तो हाथ में छाते के अलावा कोई दूसरी चीज नहीं रहती। कोई नई पुस्तक निकलती है तो उनके साथ पुस्तकों का एक पैकेट अवश्य ही रहता है, मगर वह तो साल-भर में केवल दो बार। आज तो उनके हाथ में एकबारगी मिर्जापुर स्ट्रीट की हाल में खुली दुकान 'कल्लोल मिष्ठान्न भंडार' का पचीस रुपयेवाला सफेद कार्ड बोर्ड का डिब्बा है, जो सुनहले फीते से बंधा है। डिब्बे की दोनों ओर नीले अक्षरों में लिखा है—'कल्लोल्स फाइव मिक्स सुइटमिट्स'—यानी पंचमेली मिठाई। डिब्बा खोलते ही दीख पड़ेगा, पांच खाने बने हुए हैं, सभी खानों में तरह-तरह की मिठाइयां हैं। बीच के खाने में अवश्य ही कल्लोल का आविष्कार डायमंडा होगा। हीरे की तरह तराशा हुआ तथा चांदी का तबक दिया हुआ रस से भरा गाढ़ी चाशनी का संदेश।

इस तरह का डिब्बा लालमोहन बाबू के हाथ में क्यों है? साथ-ही-साथ उनके चेहरे पर ऐसी हंसी, जैसे वे किला फतह करके आए हैं, क्यों है?

भले आदमी ने ज्योंही कमरे के अन्दर आ मेज पर डिब्बा रखा और कुर्सी पर बैठे, फेलूदा ने कहा, "लगता है, बंबई से आज ही आपको खुशखबरी मिली है?"

इस सवाल से लालमोहन बाबू हालांकि अवाक् हो गए, मगर उनके चेहरे पर हंसी ज्यों-की-त्यों बनी रही, सिर्फ उनकी पेशानी पर सलवटें पड़ गईं।

"आप कैसे समझ गए, हें-हें !"

"साइरन बजने के एक घण्टे बाद जब देखा कि आपकी कलाई-घड़ी सवा तीन बजा रही है तो इसका मतलब यही हुआ कि खुशियों की ताजगी और अतिरेक के कारण आप घड़ी बांधने के समय उधर नजर डाल ही नहीं सके।—स्प्रिग खराब है या चाबी देना भूल गए हैं ?"

लालमोहन बाबू ने अपनी नीली ऊनी चादर के झूलते हिस्से को रोमन तरीके से बायें कंधे पर रखकर कहा, "मैंने पचीस की मांग की थी; आज भोर होते-न-होते नौकर ने हाथ में टेलीग्राम थमा दिया। यह रहा टेलीग्राम।"

लालमोहन बाबू ने जेब से गुलाबी रंग का एक टेलीग्राम बाहर निकाला और पढ़कर सुनाने लगे :

" 'प्रोड्यूसर विलिंग आफर टेन फॉर दस्यु प्लीज केबल कनसेण्ट।' मैंने जवाब भेज दिया है—'हैपिली सेलिंग दस्यु फॉर टेन टेक ब्लेसिंग्स।' "

"दस हजार !" फेलूदा जैसे शांत प्रकृति के मनुष्य की आंखों में भी आश्चर्य खेल गया। "आपकी कहानी दस हज़ार में बिकी है ?"

जटायु मुसोलिनी की जैसी इकहरी मुसकान मुसकरा दिए।

"पैसा अभी हाथ में नहीं आया है, मगर बंबई जाने पर मिल जाएगा।"

"आप बंबई जा रहे हैं ?" फेलूदा की आंखों में फिर आश्चर्य खेल गया।

"सिर्फ मैं ही क्यों, आपलोग भी। ऐट माइ एक्सपेन्स। आप न होते तो यह कहानी तैयार ही नहीं होती।"

खोलकर कहने से समझ में आ जाएगा कि इस बात में सचाई है।

जटायु बहुत दिनों से सपना देख रहे थे कि उनकी किसी कहानी पर एक फिल्म बने। बंगला फिल्म में पैसा नहीं मिलता है, अतः हिन्दी की ओर ही उनका अधिक झुकाव था। इसीलिए अबकी बार कमर कसकर

आखिर में खूब जमेगा।"

उस दिन लालमोहन बाबू का हाथ दुखने लगा था। उसके बाद लगातार दो महीने तक कहानी के लिए उठा-पटक करने के कारण दाहिने हाथ की दो अंगुलियों में घट्टा पड़ गया था। भाग्य कहिए कि उस समय फेलूदा को कलकत्ते के बाहर कोई काम नहीं था—केदार सरकार की रहस्यपूर्ण हत्या की तहकीकात करने के लिए उसे ज्यादा-से-ज्यादा दूर बैरकपुर ही जाना पड़ा था, क्योंकि लालमोहन बाबू सप्ताह में दो बार फेलूदा के पास आकर धरना दे रहे थे। बावजूद इसके जटायु का बत्तीसवां उपन्यास 'बंबई का दस्यु' महालया के ठीक बाद ही निकल गया। कहानी जैसी खड़ी हुई थी, उससे फिल्म बनाने से चाहे जो हो, मगर फिल्म को देखकर कोडोपाइरिन खाने की नौबत नहीं आएगी। यद्यपि उसमें हिन्दी फिल्म का मसाला था मगर हिन्दी फिल्म का बड़बोलापन नहीं था।

लालमोहन बाबू ने पांडुलिपि की एक प्रति पुलक घोषाल को भेज दी थी। करीब दस दिन पहले खबर मिली है कि कहानी उन्हें पसन्द आ गई है और वे जल्दी ही काम शुरू कर देना चाहते हैं। पटकथा खुद वे ही लिख रहे हैं और संवाद लिख रहे हैं त्रिभुवन गुप्त, जिनका हर शब्द सान पर चढ़े चाकू की तरह दर्शकों के कलेजे को जख्मी बनाकर हॉल के अंदर खलबली पैदा कर देता है। इस चिट्ठी के जवाब में लालमोहन बाबू ने फेलूदा से बिना कुछ कहे अपनी कहानी के लिए पचीस हजार की मांग की और उसके जवाब में यह टेलीग्राम आया है। मुझे लगा, पचीस हजार की मांग कुछ अधिक थी और यह बात लालमोहन बाबू भी समझते हैं।

गरम चाय की चुस्की लेकर लालमोहन बाबू ने अधमुंदी आंखों से 'आह' की आवाज की और बोले, "पुलक ने लिखा है कि कहानी में उसने ज्यादा हेर-फेर नहीं की है। मोटे तौर पर मैंने—थुड़ी, हमने जो लिखा था···"

फेलूदा ने हाथ उठाकर लालमोहन बाबू को बोलने से रोका और कहा, "आप अगर बहुवचन का प्रयोग न करें तो मुझे प्रसन्नता होगी।"

"मगर···"

"उफ···शेक्सपियर ने भी तो दूसरे की कहानी से सहायता लेकर

नाटक लिखा है, मगर किसीसे क्या 'हमलोगों का हैमलेट' बोलते हुए सुना है ? उपादान में मेरा थोड़ा-बहुत अवदान रहने के बावजूद रचयिता तो आप ही हैं। आपकी तरह क्या मेरी कलम में जोर है ?"

लालमोहन बाबू कृतज्ञता की हंसी हंसे और बोले, "थैंक यू सर ! खैर, मेरा कहना है कि कहानी में थोड़ा-सा परिवर्तन कर दिया गया है।"

"कैसा परिवर्तन ?"

"यह न पूछें। ताज्जुब की बात है। आप सुनिएगा तो कहिएगा कि टेलीपैथी है। बात यह है कि मैंने अपनी कहानी के स्मगलर ढुंढीराम धुरंधर के निवासस्थान के रूप में एक तेंतालिस मंजिले फ्लैट का उल्लेख किया था। आपने छोटी-छोटी बातों पर ध्यान देने के लिए कहा था, इसलिए मकान का नाम रखा था--शिवाजी कैसल। चूंकि बंबई की बात है इसलिए महाराष्ट्र के जातीय वीर पुरुष के नाम पर घर का नाम बिलकुल ठीक जंचा था। लेकिन पुलक ने लिखा कि उस नाम पर सचमुच ही एक ऊंचा फ्लैट है और उसीमें उसकी फिल्म के प्रोड्यूसर वास करते हैं। कहिए, इसे टेलीपेथी के सिवा और क्या कहिएगा ?"

"कुंग-फु है या उसे छोड़ दिया गया है ?" फेलूदा ने पूछा।

हम तीनों ने जब एक ही साथ 'एंटर द ड्रैगन' देखा था तो उसके बाद ही लालमोहन बाबू के दिमाग में यह बात आई कि वे अपनी कहानी में कुंग-फु रखेंगे। फेलूदा के सवाल के जवाब में लालमोहन बाबू ने कहा, "जरूर है। उसके बारे में मैंने अलग से पूछताछ की थी। इसके उत्तर में उसने लिखा है कि मद्रास से खास तौर से कुंग-फु के लिए 'फाइट मास्टर' आ रहा है। उसने हांगकांग में ट्रेनिंग पाई है।"

"शूटिंग कब शुरू हो रही है ?"

"इसके बारे में पता लगाने के लिए आज चिट्ठी लिख रहा हूं। पता चल जाने के बाद जाने की तिथि निश्चित करेंगे। हमलोगों—थुड़ी, मेरी कहानी की शूटिंग शुरू होगी और उस अवसर पर वहां नहीं रहें—यह कैसे हो सकता है ?"

डायमंडा इसके पहले भी खा चुका हूं, मगर आज का डायमंडा जितना अच्छा लगा, इसके पहले कभी नहीं लगा था।

२

अगले रविवार को लालमोहन बाबू का पुनः आविर्भाव हुआ। फेलूदा ने पहले से ही सोच रखा था कि वह आधा खर्च आफर करेगा, क्योंकि फिलहाल उसके हाथ में भी कुछ पैसा आ गया है। पैसा सिर्फ केस से ही नहीं आया है, बल्कि पिछले तीन महीने के दरमियान उसने दो अंग्रेजी किताबों का अनुवाद किया है—उन्नीसवीं शताब्दी के दो प्रख्यात सैलानियों का भ्रमण-वृत्तांत। दोनों पुस्तकें छप रही हैं और उनके मद में उसे पेशगी के तौर पर भी रुपये मिल चुके हैं। इसके पहले भी अवकाश के क्षण में फेलूदा को लिखते हुए देख चुका हूं, मगर कमर कसकर लिखने का यह पहला मौका है।

लालमोहन बाबू ने बेशक फेलूदा के प्रस्ताव को ठुकरा दिया। बोले, "पागल हुए हैं? लिखने के मामले में आप अभी मेरे 'गाइड एण्ड गॉड फादर' हैं। आपको मैं यह मामूली दक्षिणा दे रहा हूं।"

यह कहकर उन्होंने जेब से दो हवाई जहाज की टिकटें निकालकर मेज पर रख दीं और बोले, "मंगलवार सुबह दस बजकर पैंतालीस मिनट पर हवाई जहाज खुलेगा। एक घण्टा पहले रिपोर्टिंग टाइम है। मैं सीधे दमदम हवाई अड्डे पर पहुंच जाऊंगा और वहां आप लोगों का इन्तजार करूंगा।"

"शूटिंग कब से शुरू होने जा रही है?"

"बृहस्पतिवार। एकबारगी क्लाइमेक्स का सीन है। वही ट्रेन, मोटर और घोड़ेवाला मामला।"

लालमोहन बाबू को इसके अलावा एक और सूचना देनी थी।

"कल शाम के समय एक और मामला है, जनाब! यहां का एक

फिल्म प्रोड्यूसर, जिसका धर्मतल्ला में आफिस है, मेरे प्रकाशक से पता लगाकर सीधे मेरे घर पर पहुंचा। वह भी 'बंबई का दस्यु' पर फिल्म बनाना चाहता है। उसका कहना था, बंगला में हिन्दी टाइप की फिल्म बनाए बिना काम नहीं चल सकता। कहानी बिक चुकी है, यह सुनकर वह हताश हो गया। इतना जरूर है कि किताब उसने स्वयं पढ़ी नहीं है, उसके एक भानजे ने पढ़कर उसे बताया है। बंबई गए बिना मैंने किताब लिखी है, यह सुनकर उसे आश्चर्य हुआ। मैंने उसे यह बताया नहीं कि मार के 'गाइड टु इंडिया' और फेलू मित्तिर के गाइडेंस के बिना यह काम नहीं हो पाता।"

"वह सज्जन बंगाली हैं?"

"येस सर! वारेन्द्र सान्याल। बोली में पंछहा खिंचाव है। बताया कि लालन-पालन जब्बलपुर में हुआ है। शरीर से तेज इत्र की गंध आ रही थी, ऐसी कि नाक में जलन महसूस होने लगी। मर्द इस तरह के सेंट का प्रयोग कर सकता है, इसका पहली बार अनुभव हुआ। खैर, यह सुनकर कि मैं जा रहा हूं, उसने एक जगह का पता बताया। कहा, कोई परेशानी हो तो इस आदमी को आप फोन कर सकते हैं। मेरा यह दोस्त बहुत ही मददगार साबित होगा।"

कलकत्ता में हालांकि दिसम्बर में खासी अच्छी सर्दी पड़ती है मगर बंबई के साथ ऐसी बात नहीं। दो छोटे-छोटे सूटकेसों में ही हमारी सारी चीजें समा गईं। मंगलवार को आंख खुलते ही देखा, कोहरे के कारण सड़क के पार पलटू का घर भी अच्छी तरह दिखाई नहीं पड़ रहा। हवाई जहाज रवाना हो सकेगा? आश्चर्य की बात है, नौ बजते-न-बजते सब साफ हो गया और खुलकर धूप निकल आई। वी० आई० पी० रोड में यों भी शहर की अपेक्षा ज्यादा कोहरा छाया रहता है, लेकिन आज वैसी कोई बात नहीं थी।

जब हम हवाईअड्डे पर पहुंचे, हवाई जहाज रवाना होने में पचास मिनट की देर थी। लालमोहन बाबू पहले ही पहुंच चुके थे। यहां तक

कि बोर्डिंग कार्ड भी उनकी जेब से बाहर झांक रहा था। बोले, "कुछ अन्यथा नहीं लीजिएगा, फेलू बाबू! लंबा क्यू देखकर सोचा, खिड़की के किनारे सीट न मिल जाए इसलिए पहले ही काम निबटाकर रख लेना चाहिए। एच रो है—हो सकता है, अगल-बगल में सीट मिल जाए।"

"आपके हाथ में वह कौन-सी चीज है? किताब खरीदी है क्या?"

लालमोहन बाबू की बगल में भूरे रंग के कागज का एक पैकेट देखकर मन में खयाल आया कि वे वहां किसीको देने के लिए अपनी किताब ले जा रहे हैं। फेलूदा के सवाल के जवाब में उन्होंने कहा, "खरीदने क्यों जाऊंगा, साहब? वही सान्याल साहब—जिनके बारे में उस दिन बताया था, दसेक मिनट पहले दे गए हैं।"

"उपहार?"

"नहीं सर! बंबई एयरपोर्ट पर उनका आदमी आकर ले जाएगा। मेरा नाम-धाम उसे बता दिया गया है। किसी सगे-सम्बन्धी के पास यह किताब जा रही है।" उसके बाद जरा हंसकर बोले, "वो—इसमें आपको एक तरह के एडवेंचर की गंध मिल रही है या नहीं?"

"मिलना मुश्किल है," फेलूदा ने कहा, "क्योंकि भारत केमिकल के गुलबहार सेंट की खुशबू ने तमाम खुशबुओं को मात कर दिया है।"

खुशबू मुझे भी लगी थी। सान्याल साहब इस तरह का सेंट इस्तेमाल करते हैं कि उसकी खुशबू इस पैकेट तक में है।

"आपने जो कुछ कहा सर, हैय-हैय," जटायु ने हामी भरी। "पर हां, सुनने में आया है, इस तरह लोग जो-सो चीज भी चालान करते रहते हैं।"

बात तो ठीक ही है। बुकिंग-काउंटर के पास तो नोटिस ही चिपका हुआ है कि अनजान आदमी के हाथ से चालान करने के लिए कोई चीज लेना खतरे से खाली नहीं है। हां, इस आदमी को यों अनजाना नहीं कहा जा सकता, फिर पैकेट भी किताब का ही है और इसमें सन्देह की कोई गुंजाइश नहीं।

हवाई जहाज में हम तीनों को अगल-बगल सीट नहीं मिली। लालमोहन बाबू हमसे तीन कतार पीछे खिड़की के पास बैठ गए। फ्लाइट के दौरान कोई उल्लेखनीय घटना नहीं घटी। केवल उस समय, जब कैप्टन दत्त लाउडस्पीकर से यह बताने लगे कि हम नागपुर के ऊपर से होकर जा रहे हैं, लालमोहन बाबू सीट छोड़कर हवाई जहाज के पिछले हिस्से की ओर जाते हुए दीखे। आखिर में एयरहोस्टेस ने जाकर उन्हें रोका और पीछे की ओर जाने का इशारा किया। तब वे चहलकदमी करते हुए आए और पायलेट का दरवाजा खोलकर कॉकपिट के अन्दर चले गए और फिर तुरन्त बाहर निकल आए और दांत से जीभ काटते हुए बाईं ओर के दरवाजे से बाथरूम के अन्दर घुस गए। अपनी सीट की ओर लौटते वक्त वे मेरी ओर झुककर कान में फुसफुसाते हुए बोले, "मेरी बगल के आदमी की ओर एक बार सरसरी निगाह से देख लो। हाइ जैकर भी हो सकता है, इसमें कोई आश्चर्य की बात नहीं।"

सिर घुमाकर देखने के बाद मेरी समझ में आया, जटायु एडवेंचर के लिए पागल हुए बिना इस तरह के निरीह आदमी को कभी हाइ जैकर न कहते।

सान्ताक्रूज में हवाई जहाज उतरने के पहले ही लालमोहन बाबू ने बैग से किताब बाहर निकाल ली थी। डोमेस्टिक लाउंज के अन्दर जाकर हम तीनों जने इधर-उधर निगाह दौड़ा रहे थे कि तभी कानों में आवाज आई, "मिस्टर गांगुली ?" यह सुनकर हमने दाहिनी ओर मुड़कर देखा, गाढ़े लाल रंग की टेरलिन शर्ट पहने एक मद्रासीनुमा व्यक्ति एक सज्जन से सवाल कर उसकी ओर कौतूहल के साथ ताक रहा है। उस सज्जन ने ऊब के साथ सिर हिलाकर 'ना' कहा और उस आदमी की बगल से होता हुआ चला गया। लालमोहन बाबू हाथ में किताब लिए लाल शर्ट की ओर बढ़ गए।

"आइ एम मिस्टर गांगुली एण्ड दिस इज फ्राम मिस्टर सान्याल," जटायु एक ही सांस में कह गए।

लाल शर्ट ने गर्दन तिरछी कर धन्यवाद दिया और चला गया। लालमोहन बाबू ने कर्तव्य-पालन कर निश्चिन्तता की सांस ली।

हम लोगों का माल-असबाब निकलने में आधा घण्टा लगा। अभी एक बजकर बीस मिनट हो रहे हैं, शहर पहुंचते-पहुंचते दो बज जाएंगे। पुलक घोषाल ने पहले ही गाड़ी का नंबर बता दिया था। गेरुआ रंग की एक स्टैंडर्ड गाड़ी थी। ड्राइवर खासा अच्छा शौकीन और चुस्त-दुरुस्त है। हिन्दी के अलावा थोड़ी-बहुत अंग्रेजी भी जानता है। कलकत्ता के तीन अनजान आदमियों के लिए उसे खटना पड़ रहा है, इसके कारण उसके चेहरे पर ऊब की कोई निशानी न थी। बल्कि लालमोहन बाबू को उसने जिस तरह सलाम किया, उससे लगा कि यह ड्यूटी मिलने से वह स्वयं को कृतार्थ अनुभव कर रहा है। ड्राइवर ने सूचना दी कि शहर के अन्दर ही शालीमार होटल में हम लोगों के ठहरने का इन्तजाम किया गया है और पुलक बाबू तीसरे पहर साढ़े पांच बजे आकर हमसे मिलेंगे। गाड़ी हम लोगों के लिए रखी रहेगी और हम लोग जब जहां मर्जी हो, जा सकते हैं।

फेलूदा ने यहां आने के पहले अपनी आदत के अनुसार बंबई के संबंध में जानकारी बटोर ली है। उसका कहना है, किसी नई जगह में पहुंचने के पहले यह काम न कर लिया जाए तो उस जगह से दूरी ज्यों-की-त्यों बनी रहती है। आदमी का परिचय जिस तरह उसके नाम, चेहरा और चरित्र से मिलता है, शहर के संबंध में भी यही बात लागू होती है। फेलूदा अब भी बंबई शहर के चेहरे और चरित्र से परिचित नहीं है, हां, उसे इस बात की जानकारी है कि शालीमार होटल केम्पस कार्नर के पास है।

हमारी गाड़ी जैसे ही हाइ-वे से होकर एक चौड़ी सड़क पर पहुंची, फेलूदा ने ड्राइवर से कहा, "वह जो टैक्सी जा रही है—एम०आर०पी० थ्री फाइव थ्री एट—उसके पीछे-पीछे चलो।"

"क्या माजरा है, साहब ?" लालमोहन बाबू ने पूछा।

"सामने एक कौतूहल की चीज है।" फेलूदा ने कहा।

हम लोगों की गाड़ी एक स्कूटर और दो एम्बेसेडर गाड़ियों को पीछे छोड़कर फिएट टैक्सी के ठीक पीछे-पीछे चलने लगी। अब टैक्सी के पीछे के शीशे से देखा, अन्दर लाल टेरलिन शर्ट बैठा हुआ है।"

मेरा कलेजा धड़क उठा। कोई घटना नहीं घटी है, फेलूदा क्यों टैक्सी

का पीछा कर रहा है, इसके बारे में भी मुझे कोई जानकारी नहीं है। यह मामला चूंकि मेरे हिसाब के बाहर की चीज है, इसलिए इसमें मुझे किसी रहस्य-रोमांच की गंध लगी। लालमोहन बाबू ने आजकल यह मान ही लिया है कि फेलूदा से किसी बात के बारे में पूछने से ठीक-ठीक उत्तर मिल ही जाएगा, इसकी कोई गारंटी नहीं। समय आने पर उसका अपने-आप पता चल जाएगा।

हमारी गाड़ी टैक्सी पर नजर रखती हुई आगे बढ़ रही है और हम भी नये शहर की राह-बाट देखते हुए चले जा रहे हैं। एक बात कहनी ही होगी और वह यह कि हिन्दी फिल्मों के इतनी तादाद में इतने बड़े-बड़े आकार के इश्तहार किसी भी शहर की सड़कों पर नहीं देखे थे। लालमोहन बाबू कुछ देर तक गर्दन घुमाकर यह सब देखते रहे और फिर बोले, "सबका नाम तो देख रहा हूं लेकिन कहानीकार के नाम पर नजर नहीं पड़ रही है। ये लोग क्या किसीसे कहानी नहीं लिखवाते हैं?"

फेलूदा ने कहा, "कहानी लेखक की हैसियत से यदि आप नाम की उम्मीद रखते हों तो बंबई में आपके लिए कोई जगह नहीं। यहां कहानी लिखी नहीं जाती, तैयार की जाती है, मैनुफैक्चर की जाती है—जिस तरह बाजार की और-और चीजें मैनुफैक्चर की जाती हैं। लक्स साबुन किसने बनाया है, उसके नाम का किसीको पता है?···कंपनी का नाम हो सकता है, मालूम हो। पैसा मिल रहा है, बस इतना ही; जबान पर ताला लगाकर बैठे रहिए। सम्मान की बात भूल जाइए।"

"हुं···।" लालमोहन बाबू चिन्तित हो उठे। "तो फिर बंगाल में मान और बंबई में 'मनी' मिलती है?"

"सही बात है।" फेलूदा ने कहा।

फेलूदा ने जिस अंचल को महालक्ष्मी बताया, हमारी ब्रैंडेड टैक्सी उस अंचल को पीछे छोड़ दाहिनी ओर की एक सड़क पर जाने लगी। हमारे ड्राइवर ने कहा, "अगर हमें शालीमार होटल जाना है तो सीधे ही जाना ठीक रहेगा।"

फेलूदा ने कहा, "आप दाईं ओर चलिए।"

दाहिनी ओर मुड़ने के बाद दो-चार मिनट गुजरते न गुजरते हमने देखा, टैक्सी बाईं ओर एक फाटक के अन्दर चली गई। फेलूदा के आदेश पर हमारी गाड़ी फाटक के बाहर ही रोक दी गई। हम तीनों गाड़ी से नीचे उतरे और नीचे आते ही लालमोहन बाबू ने 'हिक' जैसी एक अजीब तरह की आवाज की।

कारण स्पष्ट है। हम एक विशाल ऊंचे मकान के सामने खड़े हैं, उसकी तीसरी मंजिल की ऊंचाई पर बड़े-बड़े अक्षरों में अंग्रेजी में लिखा है—शिवाजी कैसल।

३

नाम देखकर मुझे इतना आश्चर्य हुआ कि कुछ देर तक मेरे मुंह से एक भी शब्द बाहर नहीं निकला। "यह तो टेलीपैथी का दादा है!" लालमोहन बाबू ने कहा।

फेलूदा चुप है। वह सिर्फ इमारत को ही नहीं देख रहा था बल्कि उसके आसपास के हिस्से को भी देख रहा था। बाईं ओर बहुत-से मकान हैं, उनमें से कोई लंबाई-चौड़ाई में कम नहीं। दाहिनी ओर के मकान छोटे-छोटे और पुराने हैं और उनकी संधि में से पीछे की ओर समुद्र दीख रहा है।

ड्राइवर अवाक् होकर हमारा हाव-भाव देख रहा था। फेलूदा ने उससे इन्तजार करने को कहा और फाटक से होता हुआ अन्दर चला गया। लालमोहन बाबू और मैं बेवकूफ की तरह खड़े रह गए।

तीन-चार मिनट के बाद ही फेलूदा बाहर निकल आया।

"चलिए शालीमार होटल।"

हम फिर रवाना हो गए। फेलूदा ने एक सिगरेट सुलगाकर कहा, "संभवत एट्टिथ फ्लोर यानी अठारहवीं मंजिल में आपकी किताब का पैकेट पहुंचा है।"

"आप तो बाजीगरी का करिश्मा दिखा रहे हैं, साहब," लालमोहन बाबू ने कहा। "तीन मिनटों के दौरान ही आपने पता लगा लिया कि वह आदमी किस मंजिले में गया है?"

"अठारहवीं मंजिल में गया है और यह जानने के लिए मुझे अठारहवीं मंजिल में जाने की जरूरत नहीं पड़ी। एकमंजिले में ही लिफ्ट के ऊपर बोर्ड का नंबर लिखा रहता है। जब मैं वहां पहुंचा तो लिफ्ट ऊपर की

ओर जाने लगा था। जिस आखिरी नंबर में बत्ती जल उठी, वह है सत्रह। अब बात समझ में आई ?"

लालमोहन बाबू ने लंबी सांस लेकर कहा, "समझ गया। इतनी आसान बात हमारे दिमाग में क्यों नहीं आती, यही समझ में नहीं आता।"

पांच ही मिनट के अन्दर हम शालीमार होटल पहुंच गए। फेलूदा और मेरे लिए पांचमंजिले पर एक डबल रूम है और लालमोहन बाबू के लिए उसी माला में हमारे सामने की ओर एक सिंगल रूम है। हमारा कमरा सड़क की ओर है, खिड़की से नीचे की ओर ताकते ही अविराम गाड़ियों की कतार दीख पड़ती है, और सामने की ओर देखने पर दो विशाल मकानों की फांक से समुद्र दिखाई पड़ता है। बंबई चहल-पहल से भरा हुआ शहर है, यह बात इस कमरे में बैठते ही समझ में आ जाती है। जोरों से भूख लगी थी। हम तीनों जने हाथ-मुंह धोकर होटल के दोमंजिले के 'गुलमर्ग' रेस्तरां में पहुंचे। लालमोहन बाबू के होंठों पर आकर जो प्रश्न अटका हुआ था, खाने का आर्डर देते ही वे पूछ बैठे।

"आपको भी रहस्य-रोमांच की गंध लग रही है, फेलू बाबू ?"

सीधे जवाब न देकर फेलूदा प्रश्न के बदले प्रश्न ही पूछ बैठा। "उस आदमी ने आपके हाथ से किताब लेकर क्या किया, इसपर ध्यान दिया था ?"

"क्यों ?···वह तो चला गया।" लालमोहन बाबू बोले।

"यही तो बात है ! आपने सिर्फ मोटी ही बातों पर ध्यान दिया, बारीक बातों पर नहीं। कुछ दूर जाने के बाद ही उस आदमी ने जेब से खुदरा पैसा निकाला था।"

"टेलीफोन !" मैंने कहा।

"वेरी गुड, तपेश ! मुझे विश्वास है, उस आदमी ने हवाईअड्डे के पब्लिक टेलीफोन से फोन किया है। उसके बाद जब हम अपने माल-असबाब के लिए इन्तजार कर रहे थे, उस समय दुबारा उसपर नजर पड़ी।"

"कहां ?"

"हम लोग जहां खड़े थे, उसके ठीक बाहर ही प्राइवेट गाड़ी खड़ी करने की जगह है। याद आ रहा है ?"

"हां-हां," मैंने कहा। लालमोहन बाबू चुप्पी साधे हैं।

आदमी एक एम्बेसेडर गाड़ी के अन्दर गया। ड्राइवर बैठा हुआ था। पांच-छः मिनट तक कोशिश करने पर भी गाड़ी स्टार्ट नहीं हो सकी। आदमी गाड़ी से नीचे उतरा और ड्राइवर को डांटने-फटकारने लगा। बातचीत हालांकि सुन नहीं पा रहा था मगर उसकी मुद्रा से साफ-साफ समझ में आ रहा था। उसके बाद आदमी गाड़ी की उम्मीद छोड़कर चला गया।

"टैक्सी लेने के लिए।" अबकी लालमोहन ने कहा।

"इक्जैक्टली ! इससे क्या समझ में आता है ?"

"आदमी व्यस्त था—घबराया हुआ—मतलब यह कि उसे जल्दबाजी थी।"

"गुड ! नजर और दिमाग—इन दोनों चीजों को सतर्क रखने से बहुत कुछ अनुमान लगाया जा सकता है, लालमोहन बाबू ! इसलिए मैं जो टैक्सी का पीछा कर रहा था, उसके पीछे कोई-न-कोई कारण जरूर था।"

"आपका क्या अनुमान है ?" लालमोहन बाबू सीधे होकर बैठ गए और कुहनियों को मेज पर टिकाकर उन्होंने पूछा।

"अब भी कुछ अनुमान नहीं लगाया जा सकता है। बस, संदेह हो रहा है।"

इसके बाद हमने इस बात के संबंध में कोई चर्चा नहीं की।

आराम करने के बाद पांच बजे लालमोहन बाबू हमारे कमरे में आए। हम तीनों बैठे-बैठे चाय पी रहे थे कि उसी समय दरवाजे पर दस्तक पड़ी। जिस आदमी ने कमरे के अन्दर प्रवेश किया, उसकी उम्र पैंतालीस से ज्यादा नहीं होगी मगर उसके सिर के घने घुंघराले बाल भूरे रंग के हो गए हैं।

"अरे, लालूदा ! कैसे हैं, एवरीथिंग आल राइट ?"

लालूदा !—लालमोहन बाबू को कोई आदमी 'लालूदा' कहकर पुकार सकता है, यह बात मेरे दिमाग में न जाने क्यों नहीं आई थी। समझ गया कि यही सज्जन पुलक घोषाल हैं। फेलूदा ने पहले ही लाल-

मोहन बाबू को सावधान कर दिया था कि उसका असली परिचय किसीको न बताया जाए। इसलिए वह पुलक बाबू के सामने लालमोहन बाबू का मित्र हो गया। पुलक बाबू ने अभियोग की भंगिमा में सिर हिलाकर कहा, "देखिए तो, आप ठहरे लालूदा के दोस्त, बिलकुल निकट के आदमी और हमें हीरो के अभाव में इतनी परेशानी उठानी पड़ रही है। आप हिन्दी जानते हैं ?"

फेलूदा ने मुक्त हंसी बिखेरते हुए कहा, "एक तो मैं हिन्दी जानता नहीं; दूसरे, अभिनय तो बिलकुल नहीं !...मगर हीरो का कैसे अभाव हो गया ? सुना है, आप लोगों की शूटिंग शुरू होने जा रही है। अर्जुन महरोत्रा कर रहा है न ?"

"सो तो कर रहा है, मगर अर्जुन क्या अब पहले का अर्जुन है ? अब इसकी फेहरिस्त लंबी हो गई है। इन लोगों को मैं हीरो मानता ही नहीं। दरअसल ये लोग छिपे हुए खलनायक हैं, पर्दे पर चाहे जो बन जाएं। यहां के प्रोड्यूसरों ने बहुत ज्यादा खातिर-सम्मान देकर इनके दिमाग को सातवें आसमान पर पहुंचा दिया है। खैर, परसों के लिए आप लोगों को निमंत्रित कर रहा हूं। यहां से सत्तर मील दूरी पर शूटिंग होने जा रही है। ड्राइवर उस स्थान से परिचित है। सवेरे ही यहां से निकलकर सीधे चले आइएगा। मिस्टर गोरे—यानी मेरे प्रोड्यूसर यहां नहीं हैं; फिल्म बेचने के खयाल से दिन सातेक के लिए दिल्ली, मद्रास और कलकत्ता का चक्कर लगाने गए हैं। तब हां, कह गए हैं कि आप लोगों के स्वागत-सत्कार में कोई कमी नहीं होनी चाहिए।"

"शूटिंग कहां होने जा रही है ?" फेलूदा ने पूछा

"खंडाला और लोनाउली के बीच। ट्रेन का दृश्य है। अगर पैसेंजरों की कमी होगी तो ऐसी हालत में आप लोगों को भी बिठा देंगे।"

"बहुत ही अच्छी बात है," लालमोहन बाबू ने कहा, "हम शिवाजी कैसल देख आए।"

यह बात सुनते ही पुलक बाबू की भौंहों पर बल पड़ गए।

"कब ?"

"आते हुए रास्ते में। यही करीब दो बजे।"

"ओ। लगता है, घटना उसके बाद घटी है।"

"कौन-सी घटना ?"

"खून।"

"यह क्या ?" हम तीनों लगभग एक ही साथ बोल उठे। 'ख' में दीर्घ 'ऊ' और 'न'—इन दोनों अक्षरों को आपस में जोड़ देने से अनायास सिहर उठना पड़ता है।"

"मुझे आधा घंटे पहले सूचना मिली है," पुलक बाबू ने कहा। उस मकान में मेरा हमेशा आना-जाना लगा रहता है। मिस्टर गोरे भी शिवाजी कैसल में ही रहते हैं—बारह नंबर के फ्लोर में। आपको यों ही अपनी कहानी से नाम नहीं बदलना पड़ा है। इतना जरूर है कि वे बड़े ही सज्जन हैं—आप लोग घर के अन्दर गए थे ?"

"मैं गया था," फेलूदा ने कहा, "लिफ्ट के दरवाजे तक।"

"अरे बाप ! लिफ्ट के अन्दर ही तो खून किया गया है। अभी तक लाश की शिनाख्त नहीं की गई है। देखने में गुंडा जैसा लगता है। तीन बजे त्यागराजन नामक वहां के एक बाशिन्दे ने तीनमंजिले से लिफ्ट के लिए घण्टी दबाई। लिफ्ट ऊपर से नीचे उतर आया। दरवाजा खोलकर वह जैसे ही अन्दर गया तो इस दृश्य पर उसकी नजर पड़ी। पेट में छुरा भोंककर मार दिया है। भयंकर दृश्य है !"

"उस वक्त किसी आदमी ने किसीको लिफ्ट के अन्दर जाते नहीं देखा था ?" फेलूदा ने पूछा।

"लिफ्ट के आसपास कोई नहीं था। तब हां, बिल्डिंग के बाहर दो ड्राइवर मौजूद थे, उन लोगों ने उस समय पांच-छः व्यक्तियों को अन्दर जाते देखा था। उनमें से एक आदमी लाल शर्ट में था, दूसरे के कंधे पर झोली और कत्थई रंग का···"

फलूदा ने हाथ उठाकर पुलक बाबू को रोका और कहा, "दूसरा आदमी मैं ही था, इसलिए अधिक कहने की कोई जरूरत नहीं।"

मेरा कलेजा धड़क उठा। सर्वनाश !—फेलूदा क्या खून के मामले में फंस जाएगा ?

"खैर," पुलक घोषाल ने आश्वासन के लहजे में कहा, "आप इसके

लिए चिन्ता नहीं करें। आप भी लालूदा, चिन्ता मत कीजिएगा। आपने अपनी कहानी में लिखा है कि शिवाजी कैसल में स्मगलर रहते हैं, इसमें डरने की कौन-सी बात है! बंबई में ऐसा कौन-सा अपार्टमेंट है जहां स्मगलर न रहते हों? मीसा में कितने लोग पकड़े गए हैं? अभी तो कुल मिलाकर शुरुआत है, तह तक पहुंचने में काफी देर है। पूरा शहर तस्करी पर ही खड़ा है।''

फेलूदा बहुत ही चिन्तित लग रहा था। मगर एक और आदमी के वहां आ जाने से उसके चेहरे की मुद्रा में परिवर्तन आ गया। दूसरी बार दस्तक पड़ते ही पुलक बाबू कुर्सी छोड़कर खड़े हो गए और बोले, "लगता है विक्टर है," और जाकर दरवाजा खोल दिया। चाबुक जैसे जिस्म वाला एक आदमी कमरे के अन्दर आया।

"परिचय करा दूं, लालूदा—आप हैं विक्टर पेरुमल—हांगकांग में प्रशिक्षित कुंग-फु एक्सपर्ट।''

मुक्त हंसी हंसते हुए उस सज्जन ने हम लोगों से हाथ मिलाया।

"टूटी-फूटी अंग्रेजी बोल लेते हैं,'' पुलक बाबू ने कहा, "साथ-साथ हिन्दी भी। हालांकि रहने वाले दक्षिण भारत के हैं। इसके अलावा सिर्फ कुंग-फु ही नहीं सिखाते, इनके स्टंट का भी कोई मुकाबला नहीं। घोड़े से चलती हुई रेलगाड़ी में छलांग लगाने का काम, हीरो के भाई के मेकअप में, ये ही करने जा रहे हैं।''

न जाने क्यों, वह आदमी मुझे अच्छा लगा। उसकी हंसी में सचमुच ही एक खुलापन था। उसके बाद जब पता चला कि स्टंटमैन है तो उसके प्रति भक्ति-भाव भी जग उठा। जो लोग महज चंद रुपयों के लिए अपनी जान जोखिम में डालते हैं और जिनके कारण ही प्रॉक्सी देने वाले हीरो को वाहवाही मिलती है, ऐसे लोगों की तारीफ करनी ही चाहिए।

विक्टर पेरुमल ने बताया कि वह सिर्फ कुंग-फु ही नहीं जानता— "आई नो मोक्काइरी आलसो।''

मोक्काइरी? यह कौन-सी बला है? फेलूदा इतना ज्ञानवान आदमी है मगर उसे भी इसके बारे में कोई जानकारी नहीं है। लालमोहन बाबू के बारे में तो सोचा ही नहीं जा सकता, क्योंकि वे लिखने के अलावा किताब

वगैरह पढ़ते ही नहीं।

पेरुमल बोला, "मोक्काइरी एक प्रकार की फाइटिंग होती है, जिसे करने के लिए पैरों को ऊपर की ओर फैलाकर हाथ के बल चलना पड़ता है। यह चीज हांगकांग में मात्र छः महीने पहले चालू हुई है, हालांकि इसका जन्मस्थान जापान है।"

"इस फिल्म में मोक्काइरी भी है?" लालमोहन बाबू ने डरते-डरते पूछा। पुलक घोषाल ने हंसते हुए सिर हिलाया। "कुंग-फु की ही झंझट संभालने में परेशानी हो रही है। नवंबर महीने की शुरुआत से ही ग्यारह आदमियों को सुबह-शाम ट्रेनिंग देनी पड़ रही है। आप तो लिखकर निश्चिन्त हो गए, मगर झंझटों का सामना हमें करना पड़ रहा है। इसमें आप स्टंटमैन का खेल देखिएगा।···आपकी कहानी से क्लास फिल्म बनेगी, लालूदा, चाहे जो हो।"

पुलक घोषाल और विक्टर के चले जाने के बाद फेलूदा सोफे से उठा और खिड़की खोल दी। उसी वक्त सड़क के ट्रैफिक की आवाज से कमरा भर गया। इतना जरूर था कि पांचमंजिला रहने के कारण बातचीत करने में कोई कठिनाई नहीं हो रही थी। दरअसल हममें से कोई वातानुकूलित का अभ्यस्त नहीं है और वैसे में हमें अच्छा भी नहीं लगता। बाहर से भले ही आवाज आती है मगर उसके साथ-साथ विशुद्ध वायु भी तो आ रही है।

खिड़की के पास से लौटकर फेलूदा सोफे पर बैठ गया और गंभीरता के साथ बोला, "लालमोहन बाबू, रहस्य-रोमांच की गंध इतनी तेज हो गई है कि शान्ति में खलल डाल दिया है। आप उस पैकेट को देने की जिम्मेदारी न लेते तो अच्छा रहता। मैं उस वक्त रहता तो आपको मना करता।"

"क्या करूं," लालमोहन बाबू ने लज्जित होकर कहा, "उस आदमी ने कहा था कि इसके बाद कहानी लिखूं तो उसके लिए ही रिजर्व करके रखे रहूं। फिर ऐसी हालत में 'ना' कैसे कहता!"

"बात क्या है, जानते हैं? हवाईअड्डे पर जब सिक्युरिटी चेक होता है, उस समय नियम है कि मुसाफिर के हाथ में कोई पैकेट जैसी

चीज हो तो उसे खोलकर देखना चाहिए। आपको निरीह समझकर ऐसा नहीं किया गया। पता नहीं, खोलने पर क्या निकलता। उस पैकेट से इस हत्या का संबंध नहीं है, यह कौन कह सकता है?"

लालमोहन बाबू ने खंखारकर लड़खड़ाती हुई आवाज में कहा, "मगर एक किताब के पैकेट में और···"

"किताब ही हो सकती है, ऐसी कोई बात नहीं। राजा-बादशाहों के जमाने में अंगूठी में जहर रखा जाता था, यह बात जानते हैं? उस अंगूठी को अंगूठी ही कहना क्या उचित है? वह अंगूठी भी है, साथ-ही-साथ जहर का पात्र भी।···खैर, आप निर्विघ्न अपने कर्तव्य का पालन कर चुके हैं, ऐसी स्थिति में कहा जा सकता है कि आपके लिए खतरे की कोई बात नहीं है।"

"आप ऐसा कह रहे हैं?" लालमोहन बाबू के चेहरे पर इतनी देर के बाद हंसी आई।

"हां, कह रहा हूं," फेलूदा ने कहा, "और दूसरी बात यह कि आप-पर मुसीबत आने का मतलब है, हम लोगों पर भी मुसीबत आना। हम तीनों जने एक ही धागे से बंधे हैं। धागा अगर खींचा जाएगा तो तीनों ही धराशायी हो जाएंगे।"

एक ही झटके में लालमोहन बाबू खाट से उतरकर खड़े हो गए और बायें पैर को कुंग-फु की तरह शून्य में उछालकर बोल पड़े, "थ्री चियर्स फार द थ्री मॉसकेटियर्स!—हिप-हिप···"

फेलूदा और मैंने लालमोहन बाबू की आवाज मिलाते हुए कहा, "हुर्रे!"

४

शाम के छः बजते ही हम होटल से निकल पड़े। पैदल चले बिना नये शहर को देखा नहीं जा सकता, इसपर हम तीनों विश्वास रखते हैं। जोधपुर, काशी, दिल्ली, गंगटोक—सभी जगह हमने ऐसा ही किया है। फिर बंबई में ऐसा क्यों न करें ?

होटल से निकलने के बाद दाहिनी ओर कुछ दूर जाने पर जिसे केम्पस कार्नर कहा जाता है, वहां एक बहुत बड़ा फ्लाई-ऑवर है। बहुत बड़े-बड़े और मजबूत खंभों के ऊपर पुल जैसा रास्ता है, उसके नीचे और ऊपर ट्रैफिक है। हम पुल के नीचे से रास्ता पार कर गिव्स रोड होते हुए दक्षिण दिशा में चले जा रहे हैं। फेलूदा ने दाहिनी ओर दिखाते हुए बताया कि पहाड़ के ऊपर से हैंगिग गार्ड्न्स जाने का रास्ता है। इस पहाड़ का नाम है मालाबार हिल्स।

एकाध मील चलने के बाद समुद्र मिला। आफिस से लौटती हुई गाड़ियों के रेले से बचते हुए हमने रास्ता पार किया और कमर-भर ऊंची दीवार के किनारे जाकर खड़े हो गए। दीवार के पार समुद्र का पानी पछाड़ें खा रहा है।

यह सड़क बाईं ओर से सीधे पूरब दिशा की ओर जाकर गोलाकार मुड़ गई है और दक्षिण दिशा में उस जगह जाकर समाप्त हो जाती है, जहां गगनचुंबी अट्टालिकाएं गोधूलि की पीली धूप में धुंधली जैसी दीख रही हैं। वह धनकुबेर जैसा रास्ता मैरिन ड्राइव कहलाता है।

लालमोहन बाबू ने कहा, "चाहे स्मगलर कहिए या कुछ और, मगर पहाड़ और समुद्र के कारण बंबई बिलकुल चैम्पियन शहर जैसा लगता है।"

दीवार के किनारे से होते हुए हम मैरिन ड्राइव की ओर बढ़ने लगे। बाईं ओर से चींटियों की कतार की तरह गाड़ियां चल रही हैं। कुछ दूर तक पैदल चलने के बाद लालमोहन बाबू ने एक और राय जाहिर की।

"लगता है, यहां सी० एम० डी० नहीं है। है क्या ?"

"रास्ते में गड्ढे नहीं हैं, इसीलिए कह रहे हैं ?"

हवाईअड्डे से आने के समय ही यह बात ध्यान में आई थी कि गाड़ी से चल रहा हूं मगर हिचकोले नहीं लग रहे हैं। यकीन नहीं हो रहा है।"

कुछ देर से समुद्र के किनारे एक जगह भीड़ दीख रही है। रविवार को जिस तरह की भीड़ हमारी शहीद मीनार के पास इकट्ठी हो जाती है, वैसी ही भीड़। जब हम काफी करीब पहुंच गए तो फेलूदा ने कहा, "इस जगह का नाम चौपाटी है। यहां हर रोज रथयात्रा के मेले की तरह भीड़ होती है। पंक्तिबद्ध दुकानों को देखने से लगता है, गोलगप्पा, भेलपूरी या आइसक्रीम जैसी कोई चीज बिक रही है।"

आहिस्ता-आहिस्ता जब हम बिलकुल निकट पहुंच गए तो पता चला कि हमारा अनुमान कोई गलत नहीं था। मेले के जैसा ही मेला लगा है। आधा बंबई शहर यहीं उमड़ आया है। लालमोहन बाबू जल्द ही धनी आदमी होने जा रहे हैं, इसलिए उनसे पैसा खर्च कराने में कोई दोष नहीं है। हम तीनों आदमी हाथ में भेलपूरी का दौना लिए भीड़ और शोर-शराबे से अलग हटकर समुद्र के किनारे रेत पर बैठ गए। घड़ी शाम के पौने सात बजा रही है मगर अब भी आकाश में गुलाबी आभा है। हम लोगों की तरह बहुत-से आदमी रेत पर बैठकर आराम कर रहे हैं। लालमोहन बाबू खाना खत्म कर हाथ हिलाते हुए संस्कृत के एक श्लोक का पाठ करने जा रहे थे, मगर चुप हो गए। बाईं ओर बैठे एक आदमी के हाथ से छूटकर अखबार उड़ता हुआ आया और उनके चेहरे पर इस तरह लिपट गया कि उनका बोलना बन्द हो गया।

अखबार हाथ में लिए लालमोहन बाबू ने उसका नाम देखकर कुल मिलाकर 'इवनिंग न्यूज' कहा ही था कि फेलूदा ने उनके हाथ से अखबार छीन लिया।

"आपने नाम पढ़ा और उसके नीचे की सुर्खियों पर आपका ध्यान

नहीं गया ?"

हम तीनों अखबार की ओर झुक गए। सुर्खियों में लिखा है—मर्डर इन अपार्टमेंट लिफ्ट, और उनके नीचे उस आदमी की तसवीर है जिसकी हत्या हुई है। खैर, यह हम लोगों का लाल शर्ट नहीं है।

समाचार है कि दो बजे से अढ़ाई बजे के बीच हत्या की घटना हुई है। हत्यारा अब तक पकड़ में नहीं आया है; हां, पुलिस छान-बीन कर रही है। जिसकी हत्या की गई है, उसका नाम है मंगलराम सेठी। वह आदमी तस्करी करने वाले लोगों के गिरोह में था और कुछ दिनों से पुलिस उसकी खोज में थी। लिफ्ट में काफी उठा-पटक हुई है, जिसका सबूत मिल चुका है। क्लू के तौर पर कागज का एक टुकड़ा लाश के पास मिला है। उस कागज में नाम है…"

"ओह, अयं अयं अयं अयं…"

लालमोहन बाबू के गले से एक अजीब ही तरह की कराहने जैसी आवाज बाहर निकल आई। कहीं वे बेहोश न हो जाएं, यह सोचकर मैंने उन्हें तुरन्त कसकर पकड़ लिया। इस तरह कराहने की वजह भी थी। इवनिंग न्यूज बता रहा है कि कागज के टुकड़े में लिखा था—'मिस्टर गांगुली, डार्क, शर्ट, बोल्ड, मुसटास।"

जैसे ही समाचार पढ़ना खत्म हुआ लालमोहन बाबू ने एक झपट्टा मारकर अखबार छीन लिया और उसे चिन्दी-चिन्दी कर हवा में उड़ा दिया। फेलूदा ने कहा, "इतने साफ-सुथरे समुद्र के किनारे को आपने कूड़े से भर दिया ?"

अब भी वे ठीक से बातचीत नहीं कर पा रहे हैं, यह देखकर फेलूदा ने डांट-फटकार-भरे लहजे में कहा, "आपकी धारणा क्या यही है कि पूरे शहर के लोग आपको देखते ही समझ लेंगे कि आप ही वह व्यक्ति हैं ?"

लालमोहन बाबू इससे भी आश्वस्त नहीं हुए। किसी तरह घूंट निगलकर बोले, "मगर…मगर…इसका मतलब आप समझ रहे हैं न ? किसने खून किया है, समझ रहे हैं न ?"

फेलूदा कुछ सेकेंडों तक लालमोहन बाबू की ओर चुप्पी साध अपलक ताकता रहा, फिर सिर हिलाकर बोला, "लालूदा, आप चार वर्षों से मेरी

संगति में रह रहे हैं, फिर भी आपने दिमाग ठंडा रखकर किसी बात को सोचना नहीं सीखा।"

"क्यों, क्यों—लाल शर्ट···?"

"लाल शर्ट क्या ? अगर यह मान भी लिया जाए कि कागज लाल शर्ट के हाथ से ही गिरा है तो उसमें कौन-सा सबूत है ? उसने ही हत्या की है, इसका सबूत क्या है ? पैकेट मिलने के बाद आपसे उसका संबंध खत्म हो गया—इसमें सचाई है न ? फिर उसके लिए उस कागज की भी कोई आवश्यकता नहीं रह जाती है। लिफ्ट के अन्दर जाने के वक्त उसने देखा होगा कि कागज उसकी जेब में ही रह गया है, इसलिए उसने उसे लिफ्ट पर ही फेंक दिया होगा—ऐसा सोचने में आपको कष्ट हो रहा है ?"

लालमोहन बाबू का दिमाग फिर भी शान्त नहीं हुआ। "आप चाहे जो कहिए, लाश के पास जबकि मेरा नाम और ड्रेसक्रिपशन लिखा हुआ कागज है तो फिर मुझे भारी-से-भारी मुसीबत झेलनी है—यह चीज मैं साफ-साफ देख रहा हूं। एक ही रास्ता है। गंजे सिर में बाल अब पैदा नहीं होंगे, ऊंचाई भी बढ़ने नहीं जा रही है और न ही रंग-रूप में ही कोई परिवर्तन आने वाला है। एक ही चीज है और वह है मूंछ। आप चाहे जो कहिए, कल ही मैं मूंछों को सफाया करा दूंगा।"

"फिर होटल के आदमी क्या सोचेंगे ? उन्होंने इवनिंग न्यूज नहीं पढ़ा होगा ? हत्या का समाचार सौ में निन्यानबे आदमी पढ़ते हैं, आदमी का ऐसा स्वभाव ही होता है। मेरी धारणा है, आप अपनी मूंछों का सफाया करा देंगे तो लोगों की नजर आपपर और ज्यादा पड़ेगी, साथ ही उन्हें सन्देह भी होने लगेगा।"

आकाश की रक्तिम आभा जब बैंगनी होकर पीली होने लगी, और पश्चिम के मेघ के टुकड़ों की फांक से एकाकी शुक्रतारा पूरब के मैरिन ड्राइव को सहस्र आलोकमालाओं के साथ होड़ लगाता हुआ टिमटिमाने लगा, तब हम उठकर खड़े हुए और बदन से रेत झाड़कर आदमी और दुकानों की भीड़ पार करते हुए चौड़ी सड़क पर पहुंचे और टैक्सी ठीक

कर होटल की ओर रवाना हो गए।

रिसेप्शन काउंटर के पास चाबी मांगने के वक्त देखा, लालमोहन बाबू ने जिस ओर हाथ बढ़ाया, अपना चेहरा उससे विपरीत दिशा की ओर मोड़ लिया। मगर उससे भी उन्हें मुक्ति नहीं मिली, क्योंकि विपरीत दिशा की लाबी में सात देशी-विदेशी व्यक्ति बैठे हैं और उनमें से तीन व्यक्तियों के हाथ में इवनिंग स्टैण्डर्ड है। स्टैण्डर्ड के भी प्रथम पृष्ठ पर हत्या की खबर और मृत व्यक्ति की तसवीर है। उस समाचार में गंजे, नाटे, मुच्छैल और काले रंग के मिस्टर गांगुली का उल्लेख न हो, ऐसा हो ही नहीं सकता।

५

अन्त में लालमोहन बाबू ने मूंछ मुड़वाने का विचार रद्द कर दिया। जब उनसे पूछा कि रात में उन्हें नींद आई थी या नहीं तो उन्होंने बताया कि जितनी बार उनकी पलकें झपकती थीं, उन्हें महसूस होता था कि उनका कमरा लिफ्ट की तरह ऊपर-नीचे आ-जा रहा है। नतीजा यह हुआ कि उनकी तन्द्रा टूट गई।

पुलक बाबू ने कल रात ही फोन से बता दिया था कि आज सवेरे दस बजे आकर वे हमें स्टूडियो ले जाएंगे। आठ बजे नाश्ता-पानी कर हम रास्ते पर निकल आए और पेडर रोड पकड़कर कुछ दूर चहल-कदमी करते हुए चले गए। वहां एक पान की दुकान से मीठा पान खरीदकर जब पौने नौ बजे होटल के अन्दर घुसने लगे तो वहां हमें एक तरह की दबी उत्तेजना का भाव महसूस हुआ।

कारण यही है कि पुलिस के आदमी आए हुए हैं। एक आदमी, जो इंस्पेक्टर जैसा दीख रहा था, काउंटर के सामने खड़ा था। होटलके कर्म-चारियों ने जैसे ही इशारा किया, उसने मुड़कर लालमोहन बाबू की ओर देखा। इंस्पेक्टर की आंखों में हालांकि चेतावनी का कोई भाव नहीं झलक रहा था, लेकिन बगल से ठक् आवाज होते ही समझ गया कि लाल-मोहन बाबू के दोनों घुटने आपस में टकरा गए हैं।

इंस्पेक्टर मुसकराता हुआ लालमोहन बाबू की ओर चला आया। फेलूदा ने शान्त भाव से लालमोहन बाबू की पीठ को हल्के से दबाकर समझा दिया—नर्वस मत होइए, घबराने की कोई बात नहीं।

"मैं इंस्पेक्टर पटवर्धन हूं। सी० आई० डी० की ओर से आ रहा हूं। आप मिस्टर गांगुली हैं ?"

"हां, येस।"

लो, लालमोहन बाबू ने अंग्रेजी-हिन्दी को एक में मिला दिया।

पटवर्धन ने फेलूदा की ओर देखा।

"आप लोग···?"

फेलूदा ने जेब से अपना प्राइवेट इनवेस्टिगेटर लिखा हुआ कार्ड बाहर निकालकर दिया। पटवर्धन ने उसे पढ़कर फेलूदा की ओर जिज्ञासा-भरी आंखों से देखा।

"मिटर, आपने ही एलोरा की उस मूर्ति की चोरी···?"

फेलूदा ने हलकी मुसकराहट के साथ सिर हिलाकर हामी भरी।

"ग्लैड टु मीट यू सर," पटवर्धन ने हाथ बढ़ाते हुए कहा। "यू डिड ए वेरी गुड जॉब देयर।"

फेलूदा के दोस्त रहने के कारण लालमोहन बाबू का सम्मान बढ़ गया, मगर जिरह से उन्हें मुक्ति नहीं मिली। मैनेजर के कमरे में बैठकर बातचीत हुई।

पटवर्धन ने जो कुछ कहा, इससे पता चला कि लाश की देह में बहुतेरी अंगुलियों की छाप मिली है; पर हां, हत्यारा अब तक पकड़ा नहीं जा सका है। मगर लाल शर्ट पहने एक आदमी हवाईअड्डे से शिवाजी कसल आया था, इस बात का पता पुलिस ने, टैक्सीवाले को खोजकर, लगाया है। पुलिस की धारणा है कि यह लाल शर्ट ही हत्यारा है और उसीकी जेब से कागज का टुकड़ा निकला है। लालमोहन बाबू की बात सुनकर पटवर्धन की धारणा और अधिक पुष्ट हो गई। बोले, "यह तो समझ ही रहा था कि वह आदमी गांगुली नामक किसी व्यक्ति से मिलने के लिए हवाईअड्डे पर गया था। कल सवेरे से दोपहर के बीच जितने भी हवाई जहाज सांताक्रूज में उतरे हैं, उनमें से हरेक के यात्रियों की सूची देखने के बाद हमें कलकत्ता फ्लाइट में गांगुली नाम मिला। उसके बाद हमने यहां के प्रत्येक होटल में पता लगाया। देखा, दोपहर के वक्त शालीमार होटल में मिस्टर एल० गांगुली आए हुए हैं।"

पटवर्धन दरअसल जो कुछ जानना चाहते थे, वह यह कि इस मामले में उनकी क्या भूमिका रही है; यानी उस कागज में उनका नाम और चेहरे

का विवरण क्यों है ? लालमोहन बाबू ने जब मिस्टर सान्याल के संदर्भ में बताया तो पटवर्धन बोले, "हू इज दिस सानियाल ? हाउ वेल डू यू नो हिम ?"

लालमोहन बाबू को इस सन्दर्भ में जो कुछ कहना था, उन्होंने कहा। जब उनसे सान्याल का पता पूछा गया तो लाचार होकर बताना पड़ा कि उन्हें मालूम नहीं है।

आखिर में इंस्पेक्टर पटवर्धन ने फेलूदा की तरह ही लालमोहन बाबू को सावधान कर दिया। बोले, "ठीक इसी तरह निरीह आदमियों के हाथों से चोरी का माल एक स्थान से दूसरे स्थान में पहुंच जाता है। हम लोगों को खबर मिली है कि काठमांडू से कीमती मणिक-मुक्ता इस देश में आया हुआ है। सुनने में आया है कि उसमें नाना साहब का विख्यात नौलखा हार है।"

सिपाही-विद्रोह के समय नाना साहब अंग्रेजों के खिलाफ लड़े थे, यह हमने इतिहास में पढ़ा है। पटवर्धन उसी नाना साहब के बारे में कह रहे हैं या नहीं, पता नहीं।

"मुझे विश्वास है कि इस पैकेट में भी तस्करी का कोई माल था," पटवर्धन ने कहा। "तस्करों की जिस जमात ने इसे कलकत्ते से भेजा है, उसके विरोधी दल के किसी आदमी को पता चल गया और वह शिवाजी कैसल के आसपास चक्कर काट रहा था। उसी आदमी ने लाल शर्ट पर आक्रमण किया होगा और इसका नतीजा यह हुआ कि लाल शर्ट के हाथ से उसकी मौत हुई।"

लालमोहन बाबू ने यह धारणा बना ली थी कि उनका नाम लिखा हुआ कागज चूंकि पुलिस के हाथ में आ गया है, इसलिए उन्हें या तो फांसी की सजा दी जाएगी या फिर आजीवन द्वीपान्तर की सजा। सिर्फ उपदेश के तौर पर कुछ बातें सुनने के बाद मुक्ति मिल जाने की वजह से उनके चेहरे पर नई चमक आ गई।

पुलक बाबू ने हालांकि कहा था कि वे दस बजे आएंगे मगर आए ग्यारह बजे। पुलिस के बारे में पता चलने पर बोले, "कुछ मत कहिए जनाब—कल अखबार पर नजर पड़ते कलेजा धड़क उठा। लालूदा से

नाम और विवरण सब कुछ मिल रहा था मगर मामला मेरे लिए रहस्य-पूर्ण बना हुआ था।"

सान्याल वाली घटना का पता चलने पर बोले, "यह सान्याल कौन है? वही सान्याल है क्या? मंझले कद का, आंखें धंसी हुई, थुथने में गड्ढा ?"

"थुथना नहीं देखा था, भाई ! दाढ़ी है। शायद पहले नहीं रखते होंगे।"

"मैं दो वर्ष पहले की बात कह रहा हूं। वही आदमी है या नहीं, कह नहीं सकता। कुछ दिनों तक बंबई में था। दो-चार फिल्में भी बनाई थीं। जहां तक याद है, घाटा उठाना पड़ा था।"

"आदमी के लिहाज से कैसा है ?"

"इसके बारे में पता नहीं है, लालूदा, पर हां, कोई बदनामी सुनने को नहीं मिली थी।"

"फिर तो कागज के पैकेट में कोई गड़बड़ी नहीं थी।"

"सुनिए लालूदा, आजकल तस्करी वगैरह चल रही है, वरना किसी जमाने में हम भी बहुतेरे अजनबियों के हाथ से चीज लेकर एक स्थान से दूसरे स्थान पहुंचा आए हैं। कभी कोई गड़बड़ी नहीं हुई थी।"

कल हम जिस गाड़ी को उपयोग में लाए थे, उसीपर बैठकर महा-लक्ष्मी के फेमस स्टूडियो में जाकर हाजिर हुए। गाड़ी से उतरने के वक्त पुलक बाबू बोले, "कल की शूटिंग की ट्रेन के सम्बन्ध में रेलवे के लोगों से बातचीत चल रही थी। खबर मिलते ही प्रोड्यूसर रात के हवाई जहाज से कलकत्ता से चले आए हैं। चलिए, आप लोगों से परिचय करा दें।"

"कल की शूटिंग होने जा रही है ?" लालमोहन बाबू के स्वर में आशंका का पुट था।

"शूटिंग का बाप होगा, लालूदा, घबराइए नहीं।"

हम टीन के छाजनदार कारखाने जैसे एक विशाल कमरे के अन्दर पहुंचे। यहीं शूटिंग होती है और आज यहीं कुंग-फु का प्रशिक्षण चल रहा है। एक लंबे-चौड़े गद्दे पर विक्टर पेरुमल के आदेश पर लोगों का

एक जत्था कूद-फांद रहा है, पैर उछाल रहा है और लड़खड़ाकर गिर रहा है। गद्दे से तकरीबन दस हाथ दूर बेंत की एक कुर्सी पर पैंतालीस वर्ष के एक सज्जन बैठे हुए हैं।

"परिचय करा दूं," पुलक बाबू बोले, "आप हैं हमारी फिल्म के निर्माता मिस्टर गोरे···आप हैं मिस्टर गांगुली, कहानी-लेखक और आप हैं मिस्टर मित्र—और हां, तुम्हारा नाम क्या है, भाई ?"

"तपेशरंजन मित्र।"

मिस्टर गोरे के गाल सेब जैसे हैं, सिर के ठीक बीचोबीच चांद और आंखें ईषत् भूरे रंग की। तोंद जरूर ही हाल में निकल आई है, वरना शौक से कोई आदमी इतनी तंग कमीज नहीं पहनता। परिचय कराकर पुलक बाबू लापता हो गए, क्योंकि कल की शूटिंग की जोर-शोर से तैयारियां चल रही हैं। जाते वक्त कह गए, "डेढ़ बजे लौटूंगा, लालूदा, आप लोगों को मेरे साथ लंच लेना है।"

गोरे ने हम लोगों का यथेष्ट सम्मान किया और कुर्सी मंगवाकर बिठाया। खुद लालमोहन बाबू के पास बैठकर बोले, "आपके आने से मुझे बेहद खुशी हुई है।"

लालमोहन बाबू ने संभवत: अपने बकाया दस हजार रुपये की बात सोचकर ही खुलकर तारीफ की।

"मेरे पिताजी का कैनिंग स्ट्रीट में कारोबार था। थ्री इयर्स आइ वाज ए स्टुडेण्ट इन डॉन बस्को। उस समय फादर का डेथ हो गया, मैं अंकल के पास बंबई चला आया। तभी से आइ एम हियर। मगर फिल्म लाइन में दिस इज माइ फर्स्ट वेंचर।"

गोरे बंगला जानते हैं, इसका पता चल जाने पर लालमोहन बाबू उत्साह के साथ सान्याल से शुरू कर, आज की पुलिस की जिरह तक की सारी घटना उनसे कह गए। इसपर मिस्टर गोरे 'च्य-च्य' शब्द कर सहानुभूति जताते हुए बोले, "आजकल किसीपर विश्वास नहीं किया जा सकता है, मिस्टर गांगुली ! आप नामी लेखक हैं, आपके हाथ से चोरी का माल चलान होगा, यह सोचने में भी शर्म महसूस होती है।"

अब फेलूदा बातचीत में शामिल हो गया।

"सुना है, आप भी शिवाजी कैसल में रहते हैं ?"

"हां, दो महीने से वहां रह रहा हूं। खौफनाक हत्या की वारदात हुई है। मैं इवनिंग फ्लाइट से आया हूं। रात ग्यारह बजे घर लौटा। एट दैट टाइम आलसो देयर वाज ए बिग क्राउड इन द स्ट्रीट। हाइ राइज बिल्डिंग में खून-खराबा होने से बहुत ही हंगामा मचता है।"

"वो—सेवेनटिन्थ फ्लोर में कौन रहता है, आपको पता है ?"

"सेवेनटिन्थ···सेवेनटिन्थ···" उन्हें याद नहीं आ रहा है। "मेरा जाना-पहचाना एक आदमी एट्थ में रहता है—एन० सी० मेहता; और दो में डाक्टर वाजिफदार। माइ फ्लैट इज आन ट्वेल्थ फ्लोर।"

फेलूदा ने अब उनसे कोई सवाल नहीं किया। मिस्टर गोरे भी उठने-उठने को थे। बोले, "प्रोडक्शन बड़े झमेले की चीज होती है, हर वक्त कुछ-न-कुछ काम लगा ही रहता है। इसके अलावा कल की शूटिंग सच-मुच ही बहुत ही बड़ा काम है। माथेरन स्टेशन से किराये की ट्रेन खंडाला और लोनाउली के बीच लेवल-क्रासिंग में आएगी। मिस्टर गोरे माथेरन में ही रहेंगे क्योंकि रेल-कंपनी को रुपया-पैसा देने की बात है। ट्रेन में पुराने जमाने का एक फर्स्ट क्लास का डिब्बा रहेगा, मिस्टर गोरे उसी डिब्बे में बैठकर शूटिंग के स्थान में पहुंचेंगे। मुझे बेहद खुशी होगी अगर आप लोग मेरे साथ आकर लंच लें। आप लोग विजिटेरियन हैं ?"

"नो-नो, नन नन," लालमोहन बाबू ने कहा।

"ह्वाट यू विल हैव ? चिकेन ऑर मटन ?"

"चिकेन हैड येसटरटे। कल मटन ही चले। कहिए, ठीक कह रहा हूं न, फेलू बाबू ?"

"तथास्तु !" फेलूदा ने कहा।

फेलूदा मिस्टर गोरे की सारी बातें सुन रहा था, लेकिन बीच-बीच में उसकी आंखें कुंग-फु की ओर चली जाती थीं, इस बात को मैं ध्यान से देख रहा था। विक्टर पेरुमल का धैर्य और अध्यवसाय सचमुच ही हैरत में डाल देता है। समझ में आ जाता है कि इस काम को बिना पूरा किए वह छोड़ेगा नहीं। जो लोग प्रशिक्षण पा रहे हैं, उनमें से दो-चार व्यक्ति बदस्तूर प्रशिक्षित हो चुके हैं।

काम में लगे रहने के बावजूद पेरुमल को भी बीच-बीच में फेलूदा की ओर ताकते हुए पाया। फेलूदा की दृष्टि में प्रशंसा का भाव है और उससे वह उत्साह का अनुभव कर रहा है। गोरे के चले जाने के बाद पेरुमल ने इशारे से फेलूदा को अपने पास बुलाया। फेलूदा ने सिगरेट फेंक दी और उठकर उस ओर चला गया।

"आइए मिस्टर मित्रा—ट्राइ कीजिए—इट'स नॉट सो डिफिकल्ट।"

बाकी जितने आदमी ट्रेनिंग ले रहे थे, वे गद्दा छोड़कर हट गए। पेरुमल ने एक छोटी-सी छलांग लगाते हुए दाहिने पैर को अजीब ढंग से सिर के पास ले जाकर सामने की ओर झटक दिया। पैर के सामने कोई रहता तो वह जरूर जमीन पर पछाड़ खा जाता। फेलूदा ने गद्दे के ऊपर जाकर पांच-छः बार छोटी-छोटी छलांगें लगाईं और अपने शरीर को तैयार कर लिया। पेरुमल ने फेलूदा से चारेक हाथ दूर खड़े होकर कहा, "मेरी ओर पैर से झटका मारो।"

पेरुमल को इसकी जानकारी नहीं थी कि 'एण्टर द ड्रैगन' देखने के बाद फेलूदा ने सुबह के वक्त छः महीने तक हमारी बैठक में कुंग-फु के तरीके से हाथ-पैर झटकने का अभ्यास किया है। यह जरूर है कि स्फूर्ति प्राप्त करने के अतिरिक्त इसके पीछे कोई दूसरा उद्देश्य नहीं था, मगर पैर झटकने का तरीका उसने सीख लिया था।

वन-टु-थ्री कहते-न-कहते फेलूदा का दाहिना पैर बिजली की गति से सामने की तरफ उछला और तत्क्षण पेरुमल का शरीर पीछे की ओर छिटककर गद्दे पर गिर पड़ा—हालांकि मुझे पता है कि फेलूदा का पैर उसके शरीर से टकराया नहीं था।

उसके बाद इसी तरह पांच मिनट तक विक्टर पेरुमल और प्रदोष मित्तिर का कुंग-फु प्रदर्शन चला। मेरी निगाह पेरुमल के शागिर्दों की ओर जा रही थी—डेढ़ महीने तक उछल-कूद करने के बावजूद वे आश्चर्य में आकर जीभ निकाल रहे थे। यह देखकर मुझे अच्छा लगा कि उनके चेहरे पर ईर्ष्या के बजाय प्रशंसा का भाव ही अधिक है। पांच मिनट बीत जाने के बाद दोनों जने जब हाथ मिलाकर एक-दूसरे की पीठ थपथपा रहे थे तो सभीने तालियां बजाईं।

६

दो बजे हम पुलक बाबू और संवाद-लेखक त्रिभुवन गुप्त के साथ वर्ली के कॉपर चिमनी रेस्तरां में लंच लेने गए। देखकर महसूस हुआ, वहां तिल रखने की भी जगह नहीं है मगर पुलक बाबू ने हम लोगों के लिए एक मेज पहले से ही रिजर्व करा ली थी।

लालमोहन बाबू बोले, "हम लोगों की फिल्म का नाम क्या है, भाई पुलक ?"

नाम के विषय में मेरे मन में भी कई बार बात आई थी, मगर पूछने का मौका नहीं मिला था। 'बंबई का दस्यु' नाम नहीं रहेगा, इसका मैंने भी अनुमान लगाया था।

"कुछ मत पूछिए, लालू दा," पुलक बाबू बोले। "नाम के चलते क्या कम परेशानी उठानी पड़ी है ? जो भी सोचता तो पता चलता कि यह नाम रखा जा चुका है, गुप्तेजी को पूछकर देखिए न, उसका नाम खोजकर निकालने में कितनी रातें जागते हुए बितानी पड़ी हैं। आखिर में तीन दिन पहले—जैसाकि हुआ करता है—हाइ वोल्टेज स्पार्क !"

"हाइ वोल्टेज स्पार्क ? फिल्म का नाम हाइ वोल्टेज स्पार्क है ?" जटायु ने लो वोल्टेज स्वर में पूछा।

पुलक बाबू ने कहकहा लगाकर चारों तरफ के आदमियों को हमारी ओर मुखातिब करते हुए कहा, "दिमाग खराब हो गया है, लालूदा ? उस नाम से कहीं फिल्म चलती है ? मैं 'इन्सपाइरेशन' के बारे में कह रहा हूं। जेट बहादुर।"

"अयं ?"

"जेट बहादुर। आपके रहते-रहते सड़कों पर होर्डिंग पड़ जाएगी।

सोचकर देख लीजिए—आपको अपनी कहानी के लिए इससे अच्छा नाम नहीं मिलेगा। एक्शन, स्पीड थ्रिल—'जेट' शब्द में आपको सब कुछ मिलेगा। प्लस बहादुर। नाम और कास्टिंग के जोर पर ही आल सर्किट्स सोल्ड।"

लालमोहन बाबू ने अपनी हंसी का वोल्टेज बढ़ाना चाहा मगर वह मद्धिम हो गई। शायद सोच रहे हैं—सिर्फ नाम और कास्टिंग के जोर पर ही ? फिर कहानी की कोई कीमत ही नहीं ?

"मेरी कोई फिल्म आपने देखी है, लालूदा ?" पुलक बाबू बोले। 'लोटस' में 'तीरन्दाज' चल रही है। आज इवनिंग शो में देख आइए। मैं मैनेजर से कह छोड़ूंगा—सर्कल की तीन अदद टिकटें रख देगा। अच्छी तसवीर है, जुबली मनाई गई थी।"

हमने पुलक बाबू की एक भी फिल्म नहीं देखी थी। लालमोहन बाबू में स्वभावतया कौतूहल था, इसीलिए कह दिया कि जाएंगे। बंबई में जाना-पहचाना व्यक्ति न हो तो शाम गुजारना मुश्किल है। गाड़ी हमीं लोगों के पास रहेगी—ड्राइवर को कहने से ही 'लोटस' ले जाएगा।

भोजन के बीच रेस्तरां के एक आदमी ने आकर पुलक बाबू से कुछ कहा। पुलक बाबू यहां आते रहते हैं, इसका पता अन्दर आने के समय ही, वेटरों के चेहरे पर हंसी देखकर, चल गया था। हिट डिरेक्टरों का इस शहर में काफी मान-सम्मान होता है।

बात सुनते ही पुलक बाबू लालमोहन बाबू की ओर मुखातिब हुए। "आपका टेलीफोन, लालूदा !"

भाग्यवश लालमोहन बाबू ने पुलाव का चम्मच मुंह में नहीं डाला था, नहीं तो उन्हें अवश्य ही हिचकी आ जाती। इस हालत में चौंक पड़ने के कारण थोड़ा-सा पुलाव चम्मच से छिटककर मेज की चादर के नीचे गिर पड़ा।

"मिस्टर गोरे बुला रहे हैं," पुलक बाबू ने कहा, "हो सकता है, कोई खुशखबरी हो।"

दो ही मिनट के दरमियान टेलीफोन से बातचीत कर लालमोहन बाबू ने फिर कांटा-चम्मच अपने हाथ में लेकर कहा, "चार बजे उन्होंने

अपने घर पर बुलाया है। लगता है, अर्थ की कुछ प्राप्ति होगी—हें-हें।"

इसका मतलब हुआ कि आज तीसरे पहर ही लालमोहन बाबू की जेब में दस हजार रुपया आ जाएगा। फेलूदा ने कहा, "दूसरे दिन लंच आपको देना है। अब कॉपर में नहीं बल्कि गोल्डन चिमनी में।"

रूमाली रोटी, पुलाव, नर्गिस कोफ्ता और कुलफी खाकर जब हम रेस्तरां से बाहर निकले तो पौने तीन बज रहे थे। पुलक बाबू और मिस्टर गुप्ते स्टूडियो चले गए। अब भी संवाद का कुछ अंश लिखना बाकी है। "हर संवाद पुरजोर लिखना पड़ता है, इसीलिए इसमें समय लगता है," पुलक बाबू ने कहा। गुप्तेजी चुरूट की फांक से मुस्करा दिए। हालांकि वे संवाद लिखते हैं मगर संवाद की शैली में बहुत ही कम बातचीत करते हैं।

हम पान खरीदकर गाड़ी में बैठ गए।

"शालीमार?" ड्राइवर ने पूछा।

फेलूदा ने कहा, "बंबई आने पर गेट-वे आफ इण्डिया देखना जरूरी है।—चलिए, ताजमहल होटल के पास।"

"बहुत अच्छा।"

ड्राइवर ने सोचा था, हमें कोई काम-धाम नहीं है और हम सिर्फ शहर ही देखना चाहते हैं, इसलिए वह हमें विक्टोरिया टर्मिनल, फ्लोरा फाउण्टेन, टेलीविजन स्टेशन, प्रिंस ऑफ वेल्स म्यूजियम इत्यादि स्थानों को दिखाते हुए साढ़े तीन बजे गेट-वे आफ इण्डिया ले गया। हम गाड़ी से नीचे उतर पड़े।

पीछे की ओर अरब सागर है। गिनती कर देखा, उसमें कुल मिलाकर ग्यारह छोटे-बड़े आकार के जहाज हैं। यहां सड़क बहुत चौड़ी है। बाईं ओर गेट-वे की तरफ मुखातिब हो घोड़े की पीठ पर छत्रपति शिवाजी बैठे हुए हैं। दाहिनी ओर विश्वविख्यात ताजमहल है, जिसका अन्दरूनी हिस्सा बिना एक बार देखे लौट जाने का कोई मतलब नहीं निकलता, क्योंकि उसके बाहरी हिस्से को देखते ही हमारी आंखों में टकटकी बंध गई।

ठंडी लाबी में घुसते ही आंखें चौंधिया गईं। यह किस मुल्क में

पहुंच गया ! इतने देशों के आदमी को एकसाथ नहीं देखा था। यूरोप-वासियों से भी अरबों की संख्या अधिक है। ऐसा क्यों हुआ ? फेलूदा से पूछने पर उसने बताया, बेरुत जाने में पाबन्दी रहने की वजह से अरब-वासी लोग बंबई में छुट्टी मनाने आए हैं। पेट्रोल के प्रताप से इनके पास पैसे की कोई कमी नहीं है।

पांचेक मिनट तक चहल-कदमी करने के बाद हम गाड़ी में आकर बैठ गए। जब शिवाजी कैसल के लिफ्ट की घण्टी बजाई तो उस समय घड़ी चार बजकर दो मिनट बजा रही थी।

ट्वेल्थ फ्लोर यानी बारहवें मंजिल पर पहुंचने के बाद जब हम लिफ्ट से उतरे तो तीन तरफ तीन दरवाजे देखने को मिले। बिचले दरवाजे पर लिखा था—जी० गोरे ! घण्टी बजाते ही वर्दीधारी बेयरा ने आकर दर-वाजा खोल दिया।

"अन्दर आइए।"

समझ गया कि गोरे साहब ने पहले ही हम लोगों के विषय में कह रखा था।

अन्दर जाने पर गोरे साहब पर नजर पड़ने के पहले ही उनकी आवाज सुनाई पड़ी, "आइए, आइए !"

अब देखा, वे एक पतले गलियारे से चेहरे पर मुसकराहट लिए हमारी ओर आ रहे हैं।

"हाउ वाज द लंच ?"

"वेरी-वेरी गुड।" जटायु ने कहा।

उनकी बैठक पर नजर पड़ते ही आश्चर्य में खो गया। हम लोगों के कलकत्ता के मकान का पूरा एकमंजिला इस कमरे में समा जा सकता है। पश्चिम की तरफ की पंक्तिबद्ध शीशे की खिड़कियों से समुद्र दिखाई पड़ रहा है। कमरे के एक-एक असबाब की कीमत दो-तीन हजार से कम न होगी, इसके अलावा पूरे फर्श पर कालीन बिछा है, दीवारों में पेंटिंग और सिलिंग में झाड़फानूस। एक तरफ दीवार से लगे बुकसेल्फ में कीमती-कीमती पुस्तकें हैं जो इतनी चटक-मटक लिए हैं कि लगता है, अभी-अभी खरीदी गई हों। फेलूदा और मैं एक मोटे गद्देदार सोफे पर अगल-बगल

बैठ गए और हमारी बगल की गद्देदार कुर्सी पर लालमोहन बाबू बैठे। हम जैसे ही बैठे होंगे कि एक बहुत बड़ा कुत्ता कमरे के ठीक बीचोबीच खड़ा होकर हमारी ओर सिर घुमाकर देखने लगा। लालमोहन बाबू का चेहरा पीला पड़ गया। फेलूदा ने हाथ बढ़ाकर ज्योंही पुचकारा, कुत्ता उनकी ओर चला गया। बाद में फेलूदा ने बताया था कि यह कुत्ता ग्रेट डेन नस्ल का है।

"ड्यूक, ड्यूक !"

अब कुत्ता फेलूदा के पास से हटकर दरवाजे की ओर चला गया।

मिस्टर गोरे हमें बिठाकर कुछ क्षणों के लिए कमरे से बाहर चले गए थे, अब वे हाथ में एक लिफाफा लिए अन्दर आए और लालमोहन बाबू की बगल वाली कुर्सी पर बैठ गए।

"सोचा था, आपका पावना तैयार कर रखूं," मिस्टर गोरे बोले, "मगर तीन-तीन ट्रंक-काल आ गए।"

उन्होंने लिफाफा लालमोहन बाबू की ओर बढ़ाया।

मनोबल से हाथ का कांपना रोककर लालमोहन बाबू ने लिफाफे के अन्दर से एक सौ रुपये के नोटों का एक बण्डल निकाला।

"गिन लीजिए।" मिस्टर गोरे ने कहा।

"गिन लूं ?"

उनकी आवाज फिर लड़खड़ा उठी।

"जरूर। देअर शुड बि वन हंड्रेड नोट्स देअर।"

लालमोहन बाबू गिनना खत्म करें कि उसके पहले ही चांदी के टी-सेट में हम लोगों के लिए चाय आ चुकी थी। पीने पर पता चला कि सबसे उम्दा किस्म की दार्जिलिंग चाय है।

"आपका परिचय अभी तक नहीं मिला," गोरे ने फेलूदा की ओर ताकते हुए पूछा।

फेलूदा ने कहा, "मैं मिस्टर गांगुली का मित्र हूं, मेरा बस इतना ही परिचय है।"

"नो सर," गोरे ने कहा, "दैट इज नोट एनफ। यू आर नो आर्डनरी पर्सन—आपकी आंख, आपकी आवाज, आपका कद, चलने का तौर-

तरीका और आपका शरीर—नथिंग इज आर्डनरी। आप अगर मुझसे न कहना चाहें तो दूसरी बात है। मगर आप सिर्फ यही कहें कि आप मिस्टर गांगुली के मित्र हैं तो मुझे विश्वास नहीं होता है।"

फेलूदा ने हौले से मुसकराकर प्रसंग बदल दिया।

"आपके पास बहुत-सारी किताबें हैं।"

"हां, बट आइ डॉण्ट रीड देम। ये सब किताबें सिर्फ शो के लिए हैं। तारपोरवाला को रेगुलर आर्डर दे दिया है—एनी गुड बुक दैट कम्स आउट—मुझे उसकी एक कापी भेज दो।"

फेलूदा की आंखें सचमुच प्रशंसा के योग्य हैं। पन्द्रह हाथ की दूरी से उसने देख लिया कि उन पंक्तिबद्ध विलायती किताबों के बीच बंगला की एक किताब है।"

मिस्टर गोरे हंस पड़े। "बंगला ही क्यों मिस्टर मिटर, हिन्दी, मराठी, गुजराती वगैरह की भी किताबें हैं। मेरे पास एक आदमी है जो बंगला, हिन्दी और गुजराती—इन तीन भाषाओं का जानकार है। तीनों भाषाओं के उपन्यास पढ़कर वह मेरे लिए सिनॉपसिस तैयार कर देता है। मैंने मिस्टर गांगुली की किताब की भी आउट लाइन पढ़वा ली है। यू सी, मिस्टर मिटर, फिल्म बनाने के लिए तो···"

कमरे में टेलीफोन बज उठा। मिस्टर गोरे उठकर चले गए। दरवाजे के पास एक तिपाई पर सफेद रंग का फोन रखा हुआ है।

"हैलो···हां···होल्ड आन।—आपका फोन है मिस्टर गांगुली!"

लालमोहन बाबू को बार-बार चौंकना पड़ता है। उम्मीद है, इससे उनके दिल को कोई हानि नहीं पहुंचेगी।

"पुलक बाबू बोल रहे हैं क्या?" टेलीफोन की ओर जाने के वक्त उन्होंने पूछा।

"नो सर," मिस्टर गोरे बोले। "आइ डोण्ट नो दिस पर्सन।"

"हैलो!"

फेलूदा लालमोहन बाबू की ओर तिरछी निगाहों से देख रहे हैं।

"हैलो···हैलो···"

लालमोहन बाबू ने हतप्रभ होकर हमारी ओर देखा।

कोई कुछ नहीं बोल रहा है।

"लाइन कट गई होगी।" मिस्टर गोरे ने कहा।

लालमोहन बाबू ने सिर हिलाया, "टेलीफोन से दूसरे-दूसरे शब्द सुनाई पड़ रहे हैं।"

अब फेलूदा उठकर खड़ा हुआ और लालमोहन बाबू के हाथ से टेलीफोन ले लिया।

"हैलो, हैलो..."

फेलूदा ने सिर हिलाते हुए फोन रख दिया और बोले, "रख दिया है।"

"आश्चर्य है," लालमोहन बाबू ने कहा, "बताइए तो, कौन हो सकता है ?"

"आप इसके बारे में चिन्ता मत करें, मिस्टर गांगुली," गोरे ने कहा, "बंबई शहर में ऐसा हमेशा होता रहता है।"

फेलूदा के कुर्सी से उठते ही हम लोग भी कुर्सी से उठकर खड़े हो गए।

लालमोहन बाबू की जेब में चूंकि इतना पैसा आ गया था इसलिए रहस्यजनक फोन वाली बात ने उन्हें उतनी चिन्ता में नहीं डाला। निश्चिन्तता के साथ उन्होंने मिस्टर गोरे से दूसरी बात की।

"आज हम पुलक बाबू की फिल्म देखने लोटस में जा रहे हैं।"

"हां-हां, जरूर जाइए। पुलक बाबू बहुत अच्छे डिरेक्टर हैं। 'जेट बहादुर' भी निश्चय ही बॉक्स-आफिस हिट होगा।"

मिस्टर गोरे दरवाजे तक आए। "डोण्ट फोरगेट एबाउट लंच टुमारो। आप लोगों के साथ ट्रांसपोर्ट है न ?"

हम लोगों ने उन्हें आश्वस्त किया कि पुलक बाबू ने सुबह से रातभर के लिए गाड़ी का इन्तजाम कर दिया है।

बाहर आकर फेलूदा ने लिफ्ट का बटन दबाया और कहा, "पैसा किसे कहते हैं, देख लिया न, लालमोहन बाबू ?"

"देख तो लिया ही, उसमें से कुछ मेरी जेब में है।"

"सुंघनी है सुंघनी ! इन लोगों के लिए लाख रुपया भी सुंघनी के

समान है। यह देख ही चुके कि रुपया देकर आपसे रसीद नहीं ली। इसका अर्थ यह हुआ कि आपकी जेब काली हो गई। यानी आप अब अंधेरे में पदार्पण कर चुके हैं।''

लिफ्ट 'धड़ांग' जैसी आवाज कर ऊपर की किसी मंजिल से आकर हमारे सामने रुक गई।

''आप चाहे जो कहिए, फेलू बाबू, जेब में जबकि पैसा आ चुका है तो वह चाहे कालाधन हो चाहे...''

फेलूदा लिफ्ट के अन्दर जाने के लिए दरवाजा खोल चुका था, इसी· लिए जटायु का कथन बीच में रुक गया।

लिफ्ट से तेज खुशबू का एक झोंका आया। गुलबहार सेंट। इस खुशबू से हम तीनों व्यक्ति परिचित हैं—खास कर लालमोहन बाबू।

हम धड़कते हुए कलेजा लिए फेलूदा के पीछे-पीछे लिफ्ट के अन्दर चले गए।

मैं एक बात कहे बगैर नहीं रह सका।

''गुलबहार सेंट मिस्टर सान्याल के अतिरिक्त दूसरे-दूसरे भी बहुतेरे लोग अवश्य ही उपयोग में लाते हैं।''

फेलूदा ने मेरी बात का जवाब देने के बदले सत्रह नम्बर का बटन दबाया। हम और भी पांच मंजिल ऊपर पहुंच गए।

दूसरी मंजिलों की तरह सत्रह नम्बर में भी तीन कमरे हैं। बाईं ओर के दरवाजे पर लिखा है एच० हेकरथ। फेलूदा ने बताया, यह जर्मन नाम है। दाहिनी ओर के दरवाजे पर लिखा है एन० सी० मनसुखानी। यह जरूर ही सिन्धी नाम है। बीच वाले दरवाजे पर कोई नाम नहीं लिखा है।

''यह फ्लैट खाली है।'' लालमोहन बाबू बोले।

''नहीं भी हो सकता है,'' फेलूदा ने कहा। ''हर कोई दरवाजे पर नाम नहीं लिखता है। इन फैक्ट, मुझे विश्वास है, इस फ्लैट में आदमी है।''

हम दोनों ने फेलूदा की ओर देखा।

''जिस कॉलिंग बेल का इस्तेमाल नहीं किया जाता है, उसपर धूल

जमी हुई रहनी चाहिए। मगर इसे गौर से देखिए, और दूसरे जो कॉलिंग बेल हैं, उनसे इसका मिलान कीजिए।''

निकट जाने पर देखा, फेलूदा का कहना ठीक है। बटन चमक रहा है और कहीं धूल का नामोनिशान नहीं है।

''दबाइएगा क्या ?'' लालमोहन बाबू की आवाज में थरथराहट थी।

फेलूदा ने बटन नहीं दबाया। बल्कि इसके बदले उसने जो काम किया, वह और भी हैरत में डालने वाला था। फर्श पर मुंह के बल लेटकर दरवाजे के नीचे, जहां आधा इंच दरार थी, नाक टेक दी। उसके बाद दो बार जोरों से लंबी सांस लेकर खड़ा हो गया और बोला, ''तीखी कॉफी की गंध है।''

उसके बाद उसने जो काम किया, वह और भी आश्चर्यजनक था। लिफ्ट का इस्तेमाल न कर अठारहवीं मंजिल से सीढ़ियां उतरने लगा। हर माला में लगभग आधे मिनट तक चहलकदमी कर उसने क्या किया, मालूम नहीं।

सब काम खत्म कर जब हम नीचे उतरे तो उस समय घड़ी पांच बजकर दस मिनट बजा रही थी।

यह बात साफ-साफ मेरी समझ में आ रही है कि बंबई आकर हम एक जटिल रहस्य में फंस गए हैं।

७

"आपसे अगर थोड़ी देर जिरह करूं तो आशा है,आपको कोई आपत्ति नहीं होगी ।"

फेलूदा ने लालमोहन बाबू से कहा । लगभग दस मिनट पहले, जब हम शिवाजी कैसल से लौट रहे थे—रिसेप्शन से हमें सूचना मिली कि लालमोहन बाबू का फोन आया था; किसने फोन किया था, पता नहीं । इसका मतलब फोन उस समय आया होगा जब हम शिवाजी की सीढ़ियां उतर रहे थे ।

"असल में पुलक बाबू ने ही किया होगा ।" लालमोहन बाबू बोले ।

अभी हमारे कमरे में फेलूदा का सवाल सुनकर लालमोहन बाबू बोले, "पुलिस की जिरह से ही जब बेदाग निकल गया तो फिर आपकी जिरह से क्या आपत्ति हो सकती है ?"

"अच्छा, मिस्टर सान्याल का पहला नाम तो आपको मालूम नहीं है ?"

"नहीं, इसके बारे में मैंने पूछताछ नहीं की थी ।"

"उसके बारे में विस्तार के साथ बताइए तो । आपकी पुस्तक में जिस तरह का अधकचरा वर्णन रहता है, उस तरह का नहीं होना चाहिए ।"

लालमोहन बाबू ने गला खंखारकर भौंह सिकोड़ी ।

"ऊंचाई···मान लीजिए···"

"आप किसी आदमी की पहले ऊंचाई ही देखते हैं ?"

"लंबा या नाटा होने से···"

"वे क्या बहुत ही लंबे हैं ?"

"नहीं ।"

"बहुत ही नाटे ?"

"नहीं, ऐसी भी बात नहीं है।"

"तो फिर ऊंचाई की बात पीछे होगी। पहले चेहरे के बारे में बताइए।"

"शाम के वक्त देखा था। इसके अलावा मेरे बाहरी कमरे का बल्ब चालीस पावर का है।"

"फिर भी बताइए।"

"मुंह चौड़ा है। आंखें, आंखों पर चश्मा था। दाढ़ी है, घनी दाढ़ी, मूंछ भी है, दाढ़ी से जुड़ी हुई।"

"फ्रेंचकट ?"

"अभी-अभी बनवाई है। नहीं-नहीं, शायद ऐसी नहीं है। जुल्फों से भी जुड़ी है।"

"उसके बाद ?"

'खिचड़ी बाल हैं। दाहिनी ओर—नहीं-नहीं, बाईं ओर सीमन्त है।"

"दांत ?"

"साफ। बनावटी दांत जैसे नहीं लगे।"

"गले की आवाज ?"

"आम लोगों जैसी। यानी न तो मोटी और न ही महीन।"

"ऊंचाई ?"

"साधारण।"

"उन्होंने आपको कोई पता बताया था न ? बंबई का ? कहा था न, कि कोई असुविधा हो तो अमुक को फोन कीजिएगा—बहुत ही हेल्पफुल साबित होगा ?"

"देख रहे हैं न ! मैं तो बिलकुल भूल ही बैठा था। आज जब पुलिस ने जिरह की तो उस समय भी यह बात स्मरण न थी।"

"मुझसे कहने से ही काम चल जाएगा।"

"ठहरिए, देखते हैं।"

लालमोहन बाबू ने बैग से मुड़ा हुआ एक नीले रंग का कागज निकालकर फेलूदा को दिया। फेलूदा ने उसे बड़े गौर से देखा, क्योंकि मिस्टर सान्याल के हाथ का लिखा हुआ था। उसके बाद कागज को मोड़कर अपने

बैग में रख दिया और बोला, "तपेश, नंबर मांगो तो—टू फाइव थ्री फोर वन एट।"

मैंने ऑपरेटर को नंबर बताया। फेलूदा ने अंग्रेजी में बातचीत की।

"हैलो, मिस्टर देसाई हैं ?"

"भारी मुसीबत है। इस नंबर में देसाई नामक कोई व्यक्ति रहता ही नहीं। जो सज्जन रहते हैं, उनकी उपाधि है पारिख और पिछले दस बरसों से वे इसी नंबर में रह रहे हैं।"

"लालमोहन बाबू," फेलूदा ने फोन रखकर कहा, "सान्याल के पास आकर अपनी दूसरी कहानी बेचने की उम्मीद छोड़ दें। वह आदमी बहुत ही रहस्यपूर्ण है। और आप जो पैकेट ले आए हैं, मुझे विश्वास है, वह भी बहुत रहस्यपूर्ण है।"

लालमोहन बाबू ने सिर खुजलाकर एक लंबी सांस ली और बोले, "सच कहने में हर्ज क्या, वह आदमी मुझे भी अच्छा नहीं लगा था।"

फेलूदा ने फटकार सुनाई।

"आपकी यह बात, पता नहीं क्यों, मुझे अच्छी नहीं लगती। उसके बारे में जानना है, कहना है। कोशिश करके देखिए कि आप बता सकते हैं या नहीं।"

लालमोहन बाबू फेलूदा से डांट-फटकार सुनने के आदी हैं। मुझे इस बात का भी पता है कि वे डांट-फटकार को अन्यथा नहीं लेते। क्योंकि डांट-फटकार सहते-सहते उनकी रचना में बहुत ही निखार आ गया है और वे भी इस बात को स्वीकार करते हैं।

लालमोहन बाबू सीधे होकर बैठ गए। "नंबर एक, वह आदमी सीधे चेहरे की ओर ताकता हुआ बातचीत नहीं करता। नंबर दो, हर बात धीमी आवाज में कहने की क्या जरूरत है, मालूम नहीं। मानो कोई गोपनीय परामर्श करने आया हो। नंबर तीन…"

दुःख की बात है, नंबर तीन कौन-सी बात है जो सोचने के बावजूद लालमोहन बाबू को याद नहीं आई।

साढ़े छः बजे लोटस में इवनिंग शो होने वाला है इसलिए हम छः

बजे उठकर खड़े हो गए। हम यानी लालमोहन बाबू और मैं। फेलूदा ने बताया कि वह नहीं जाएगा क्योंकि उसे काम है। बैग के अन्दर से उसका हरा नोटबुक बाहर निकल आया है, इसलिए उसे काम क्या है, यह समझना मेरे लिए बाकी नहीं रह गया।

हमें लौटकर वार्ली जाना पड़ा, क्योंकि लोटस सिनेमा वहीं है। लालमोहन बाबू नर्वस हैं। पुलक बाबू किस कोटि के निर्देशक हैं, यह 'तीरन्दाज' फिल्म देखने पर ही समझ में आएगा। बोले, "एक-एक कर तीन फिल्में जबकि हिट कर चुकी हैं तो फिर क्या यह वाहियात होगी? कहो, ठीक कह रहा हूं न, तपेश?"

क्या कहूं! मैं भी तो उसी बात के बारे में सोचकर मन में शक्ति बटोरने की कोशिश कर रहा हूं।

पुलक बाबू मनेजर से कहना भूले नहीं थे; रॉयल सर्कल में हमारे लिए तीन सीटें रखी हुई थीं। दूसरी बार यह फिल्म दिखाई जा रही है, इसलिए हॉल में यों भी बहुत-सी सीटें खाली थीं।

मध्यान्तर के पहले ही समझ में आ गया कि 'तीरन्दाज' सौ फीसदी कोडोपाइरिन-मार्का तसवीर है। इस बीच हम दोनों एक-दूसरे के चेहरे की ओर कई बार ताक चुके थे। हंसने का मन हो रहा था और उसके साथ ही तकलीफ महसूस हो रही थी कि 'जेट बहादुर' का क्या हश्र होगा और फिर जटायु की इसके कारण कैसी हालत होगी। मध्यान्तर में बत्तियां जल चुकने के बाद लालमोहन बाबू ने एक नि:श्वास लिया और बोले, "किले के पार के लड़के, तूने इतने दिनों तक यही सब काम कर बाल पकाए?" उसके बाद थोड़ी देर तक चुप रहे और फिर मेरी ओर देखकर बोले, "हर पूजा के अवसर पर मुहल्ले में कोई-न-कोई नाटक खेलता था। जहां तक मुझे याद है, बी० कॉम० फेल है। वैसे आदमी से इससे अधिक क्या उम्मीद की जा सकती है?"

मध्यान्तर के अन्त में जब आखिरी बत्ती भी गुल हो गई तो हम हॉल से बाहर निकल आए; मगर किसी आदमी से मुलाकात नहीं हुई।

"अगर पूछा तो बता दूंगा, फर्स्टक्लासहै। जेब में फड़फड़ाते हुए नोट नहीं होते तो मेरा मन सचमुच ही मुरझा जाता, तपेश!"

गाड़ी सिनेमा-हॉल के सामने ही दूसरे छोड़ खड़ी थी। लालमोहन बाबू उस ओर न जाकर एक दुकान के अन्दर चले गए और वहां से दालमोट का एक पैकेट, दो पैकेट मंघाराम का बिस्कुट, छः सन्तरे और पैरी का एक पैकेट लेमनजूस लेकर वापस आए। बोले, "होटल के कमरे में बैठे रहने से एकाएक भूख लग जाती है, उस वक्त यह सब चीज काम में आएगी।"

हम दोनों अपने हाथ में इन चीजों को थामे गाड़ी के अन्दर पहुंचे। अन्दर जाते ही हमारा दिमाग चकरा उठा।

गाड़ी के अन्दर भी गुलबहार सेंट की खुशबू है।

आते समय खुशबू नहीं थी। डेढ़ घण्टे के दरमियान ही ऐसा हुआ है। "सिर चकरा रहा है, तपेश," लालमोहन बाबू ने कहा। "यह भूत के उपद्रव के अलावा दूसरी चीज नहीं हो सकती। सान्याल की हत्या हुई है और उसका सेंट लगाया हुआ भूत हम लोगों की गर्दन पर सवार हो गया है।"

मुझे महसूस हुआ, गर्दन पर नहीं, गाड़ी में सवार हो गया है; मगर मैंने यह बताया नहीं।

ड्राइवर से दरियाफ्त करने पर उसने बताया कि वह ज्यादा-से-ज्यादा वक्त तक गाड़ी के अन्दर ही था, सिर्फ पांच मिनटों के लिए पास की एक रेडियो-टेलीविजन की दुकान में 'फूल खिले हैं गुलशन-गुलशन' देखने गया था। खुशबू उसे भी महसूस हो रही है, मगर गाड़ी के अन्दर ऐसी खुशबू कैसे आ सकती है, यह बात उसके दिमाग में भी नहीं आ रही है। उसके लिए भी यह घटना अजीब है।

होटल लौटने के बाद जब यह बात फेलूदा से कही तो उसने कहा, "रहस्य जब अपना जाल फैलाता है तो इसी तरह फैलाता है, लालमोहन बाबू! ऐसा न हो तो फिर उच्चकोटि का रहस्य हो ही नहीं सकता और न ही फेलू मित्तिर का दिमाग तेज हो सकता है।

"मगर···"

"मैं जानता हूं, आप क्या सवाल कीजिएगा, लालमोहन बाबू! नहीं, अब तक भेद का पता नहीं चला है। अभी मैं सिर्फ जाल के चरित्र को

समझने की ही कोशिश कर रहा हूं।"

"लगता है, तुम बाहर निकले थे?" मैं तत्क्षण जासूस-मार्का सवाल कर बैठा।

"शाबाश तपेश! हां, होटल से बाहर नहीं निकला था। यह चीज नीचे रिसेप्शन में ही मिल गया।"

फेलूदा के पास इंडियन एयर लाइंस का एक टाइमटेबल था। उसीपर नज़र पड़ने के कारण मैंने सवाल किया था।

"मैं देख रहा था कि काठमांडु से कितने फ्लाइट आते हैं और कब-कब आते हैं।"

'काठमांडु,' कहते ही फेलूदा से एक चीज के बारे में पूछने की बात याद आ गई।

"अच्छा, इंस्पेक्टर पटवर्धन जिन नाना साहब के बारे में पूछ रहे थे, वे कौन-से नाना साहब हैं?"

"हिन्दुस्तान के इतिहास में एक ही नाना साहब विख्यात हैं।"

"जो सिपाही-विद्रोह के समय अंग्रेजों से लड़े थे?"

"लड़े थे, फिर जान बचाने की खातिर मुल्क छोड़कर भाग खड़े हुए थे और सीधे काठमांडु चले गए थे। उनके साथ मूल्यवान रत्न थे जिनमें मोतियों से गुंथा एक हार भी था—जिसका नाम है नौलखा हार। वही हार अन्ततः नेपाल के जंगबहादुर के पास पहुंच गया। उसके बदले में जंगबहादुर ने नाना साहब की पत्नी को दो गांव दिए थे।"

"वह हार नेपाल से चोर चुराकर ले गया है?"

"पटवर्धन की बात से तो ऐसा ही लग रहा है।"

"मैं क्या उसी हार को एक आदमी के हाथ से दूसरे के हाथ में दे आया?" लालमोहन बाबू ने चिल्लाकर यह सवाल पूछा। फेलूदा ने कहा, "सोचकर देखिए। इतिहास में हीरे के अक्षरों से आपका नाम अंकित रहेगा।"

"मगर···मगर···वह तो फिर यथास्थान पहुंच चुका होगा।"

"वह चीज मुल्क के बाहर जाती है या नहीं, इसपर पुलिस निगरानी रखेगी। आप क्यों इतनी चिन्ता कर रहे हैं? आप खुद क्या इन

तस्करों…"

उसी समय फोन घनघना उठा। चूंकि फोन लालमोहन बाबू की ओर ही था, इसलिए उन्होंने उसे उठाया।

"हैलो—हां, मतलब है येस—स्पीकिंग।"

लालमोहन बाबू का ही फोन आया था। शायद पुलक बाबू हैं। नहीं, पुलक बाबू नहीं हैं। पुलक बाबू ऐसी बात नहीं कह सकते हैं। लालमोहन बाबू चौंक पड़े और टेलीफोन कांपता हुआ कान के पीछे चला गया।

फेलूदा ने उसके हाथ से फोन लेकर कान में लगाया और कुछ न सुन पाने की वजह से उसे यथास्थान रख दिया और पूछा, "सान्याल था क्या ?"

सिर हिलाकर हामी भरने में भी लालमोहन बाबू को तकलीफ हो रही है। समझ गया, उनका दिमाग ठीक से काम नहीं कर रहा है।

"क्या कहा ?" फेलूदा ने पूछा।

"बोला…" लालमोहन बाबू ने अपने शरीर को झटककर साहस लाने की कोशिश की। कहा, "ज-जबान खोलने से पे-पेट फाड़ दूंगा।"

"खैर, अच्छी बात है।"

"अयं !" लालमोहन बाबू फटी-फटी आंखों से फेलूदा की ओर देखा। ऐसी हालत में फेलूदा का इस तरह इत्मीनान की सांस लेना मुझे भी अजीब-सा लगा। फेलूदा ने कहा, "सिर्फ गुलबहार की गंध ही नहीं आ रही थी। क्लू के लिहाज से वह बहुत कमजोर मसाला था। यहां तक कि वह आदमी सचमुच ही बंबई आया है या कोई दूसरा ही व्यक्ति इस सेंट का इस्तेमाल कर रहा है, यह बात समझ में नहीं आ रही थी। अब कम-से-कम इसके बारे में निश्चिन्त तो हो गया।"

"मगर मेरे पीछे क्यों पड़ गया है ?" लालमोहन बाबू ने बुझे हुए स्वर में पूछा।

"यह पता होता तो फिर बाजी ही मात कर देता। उसे जानने के लिए थोड़ा धैर्य धारण करना होगा।"

८

लालमोहन बाबू को डिनर में मजा नहीं आया क्योंकि उन्हें भूख नहीं थी। फेलूदा ने कहा, कोई हर्ज नहीं, क्योंकि दोपहर में कोपर चिमनी में अच्छी तरह पेट-पूजा की गई थी। सच कहने में हर्ज ही क्या, हम लोगों में से लालमोहन बाबू ने ही सबसे अधिक खाना खाया था।

खाना खाने के बाद लालमोहन बाबू किसी भी हालत में बाहर जाने के लिए तैयार नहीं हुए। बोले, "उस भीड़-भाड़ में कौन जाएगा, साहब ? सान्याल का आदमी जरूर ही होटल में इन्तजार कर रहा है, निकलते ही चाकू घोंप देगा।"

अन्ततः फेलूदा अकेले ही बाहर निकला, लालमोहन बाबू हमारे कमरे में मेरे साथ बैठे रह गए और बार-बार सिर्फ यही कहने लगे, "किस मनहूस घड़ी में मैंने किताब का पैकेट लिया था!" फिर वर्तमान संकट के मूल कारण पर विचार करते हुए बोले, "किस मनहूस घड़ी में हिन्दी फिल्म के लिए कहानी लिखी थी!" और सबसे अन्त में बोले, "किस मनहूस घड़ी में रहस्य-रोमांच का उपन्यास लिखना शुरू किया था!"

"अकेले सोने में आपको डर तो नहीं लगता ?" फेलूदा ने पान का बीड़ा हमारे बीच बांटते हुए कहा। लालमोहन बाबू को खामोश पाकर फेलूदा ने आश्वासन देते हुए कहा, "हम लोगों के कमरे से निकलते ही गलियारे में एक छोटी-सी कोठरी है। वहां हमेशा बेयरा रहता है। होटल में रात-भर कोई-न-कोई जगा ही रहता है। यह कोई शिवाजी कैसल तो है नहीं।"

शिवाजी कैसल का नाम सुनते ही लालमोहन बाबू दुबारा सिहर उठे लेकिन आखिर में अपने अन्दर साहस बटोरकर दस बजे हमें 'गुड-

नाइट' कहकर अपने कमरे में चले गए।

दिन-भर बंबई में मारे-मारे फिरने की अपेक्षा पुलक बाबू की आधी फिल्म देखना अधिक ऊबाऊ लगा था, इसलिए जटायु के चले जाने के दसेक मिनट बाद ही मैं लेट गया। यह जानता हूं कि फेलूदा अभी नहीं सोएगा। उसकी नोट-बुक खाट के पास ही मेज पर रखी हुई है, दिन-भर वह बीच-बीच में उसमें कुछ लिखता रहा है। लगता है, अब और कुछ लिखेगा।

मैंने कई रात बिस्तर पर लेटने पर आंख मूंदने के बाद याद रखने की कोशिश की है कि मुझे नींद किस वक्त आती है, मगर दूसरे दिन सवेरे जगने पर महसूस हुआ कि मेरे अनजाने ही आ गई थी। आज भी नींद ने कब दबोच लिया था, इसकी जानकारी नहीं थी। दरवाजे पर बार-बार दस्तक पड़ने पर मेरी नींद खुल गई। साथ ही बटन दबाने की क्रिंग-क्रिंग आवाज आने लगी। उठने पर देखा, फेलूदा का लैंप उस वक्त भी जल रहा था और तकिये के पास रखी घड़ी पौने एक बजा रही थी।

लालमोहन बाबू यद्यपि हांफ रहे थे मगर ऐसा नहीं लग रहा था कि वे बहुत ही डर गए हैं। कमरे के अन्दर आकर उन्होंने जो कुछ कहा, वह डर की कोई बात नहीं थी।

"देखिए, कितनी बड़ी साजिश है!"

"पहले आप खाट पर बैठ जाइए।" फेलूदा ने कहा।

"बैठूंगा क्या साहब—यह देखिए—काठमांडु का मूल्यवान रत्न हमारे हाथसे दूसरे के हाथ में भेजा जा रहा था।"

लालमोहन बाबू ने फेलूदा की ओर जो चीज बढ़ाई, वह एक पुस्तक थी। अंग्रेजी की एक नामी पुस्तक। लैंसडॉन के मोड़ की दुकान में उसकी एक प्रति रखी हुई देखी थी। वह अरविन्द की लिखी 'द लाइफ डिवाइन' पुस्तक थी।

फेलूदा के पेशानी पर बल पड़ गए।

"उसपर मढ़ी जिल्द में गड़बड़ी," लालमोहन बाबू बोले। "शुरू के तीस पन्ने के बाद कई पन्ने आपस में सटे हुएहैं। किताब देखकर न खरीदी जाए तो घाटा-ही-घाटा उठाना पड़े। सोच सकते हैं कि पांडिचेरी का

बाइंडर इस तरह का कच्चा काम करेगा ?"

"तो उस दिन आपने लाल शर्ट के हाथ में क्या चीज दी थी ?" फेलूदा ने पूछा।

"जानते हैं, क्या दिया ? अपनी किताब !—बंबई का दस्यु ! पुलक को पांडुलिपि की प्रति दी थी, इसलिए सोचा, छपी पुस्तक की एक प्रति दे दूं—विथ माइ ब्लेसिंग्स एंड माइ ऑटोग्राफ। मेरे बैग में अब भी तीन प्रतियां हैं, हर प्रति भूरे रंग के कागज में मढ़ी हुई है। मेरे भक्त समूचे हिन्दुस्तान में फैले हुए हैं न—इसलिए सोचा, बंबई जा रहा हूं, अगर किसीसे जान-पहचान हो जाती है तो उसे दूंगा। यही वजह है कि उसीकी एक प्रति—हा, हा, हा !"

लालमोहन बाबू को बहुत दिनों से इस तरह हलके मूड में नहीं देखा था।

उस पुस्तक को हाथ में ले फेलूदा ने उसे उलट-पलटकर देखा और फिर कहा, "सान्याल ने टेलीफोन से जो धमकी दी, उसका मामला क्या है ? उससे 'लाइफ डिवाइन' का मामला मेल खाता है ?"

लालमोहन बाबू का उत्साह इसपर भी ठंडा नहीं हुआ।

"कौन कहता है कि सान्याल था ? टेलीफोन में कहीं आवाज पहचानी जा सकती है ? शायद कोई उचक्का या बदमाश दिल्लगी कर रहा है। बंबई में 'तीरन्दाज' फिल्म अगर हिट होती है तो यहां सब कुछ हो सकता है।"

"और गाड़ी में गुलबहार सेंट ?"

"ड्राइवर ही इस्तेमाल करता है। मांग किस तरह कढ़ी हुई थी, देखा है न ? शौकीन आदमी है। पकड़ा गया तो घबराहट में आ गया और मानने के लिए तैयार नहीं हुआ।"

"फिर क्या, आप निश्चिन्तता के साथ जाकर सो रहिए।"

"यह भी कहने की जरूरत पड़ेगी ! सिर दर्द कर रहा था इसीलिए कोडोपाइरिन के लिए बैग खोला था और उसीके चलते इस 'हाइ वोल्टेज' का आविष्कार हुआ। खैर, रहस्य का जबकि समाधान हो गया तो फिर आप भी जरा आध्यात्मिक विषय के अध्ययन में मन लगाएं। पुस्तक रखे

जा रहा हूं । गुडनाइट ।"

लालमोहन बाबू चले गए और मैं भी अपनी जगह पर आकर लेट गया । "जिस आदमी को अरविन्द की पुस्तक के बदले जटायु की पुस्तक मिली होगी, उसके मन की क्या हालत होगी, फेलूदा ?"

"केपचुरियस," तकिये पर सिर रखकर फेलूदा ने कहा । सिर के पीछे की बत्ती को वह जलाए रहा । यह देखकर मुझे हंसी आई कि फेलूदा ने अपनी हरी नोटबुक हटाकर रख दी है और अरविन्द की 'लाइफ डिवाइन' पुस्तक के पन्ने उलटने लगा है ।

मुझे विश्वास है, ठीक उसी वक्त मेरी आंखों में नींद उतर आई थी ।

९

बंबई से पूना जाने के रास्ते में खंडाला और लोनाउली के बीच जो एक लेवल-क्रॉसिग है, हमें उसीके पास शूटिंग देखने के लिए जाना है। फिल्म में ग्यारह क्लाइमेक्स हैं, उनमें से आखिरी क्लाइमेक्स का आज दृश्यांकन होगा। एक ही दिन में काम खत्म नहीं होगा, सभीको लगातार चार दिनों तक जाना होगा। हमने तय किया है, आज अगर हमें अच्छा लगेगा तो बाकी तीन दिन भी जाएंगे। ट्रेन इन पांचों दिन के लिए उपलब्ध हो जाएगी, हर रोज एक बजे से दो बजे तक—यानी एक घण्टे के लिए। डाकुओं के गिरोह के लिए घोड़े और हीरो के लिए लिंकन कनर्वटिबल दिन-भर के लिए रहेगा। खलनायक इंजन-ड्राइवर की जगह पर दखल जमाए ट्रेन चला रहा है, उसी ट्रेन के एक डिब्बे में हाथ-पैर बंधी हालत में हीरोइन और उसके चाचा हैं। हीरो मोटर से ट्रेन का पीछा कर रहा है। इधर हीरो का जुड़वां भाई है—जिसे बचपन में डाकू पकड़कर ले गए थे, और जो अब खुद डाकू है—अपने दल-बल के साथ ट्रेन पर आक्रमण करने के लिए आ रहा है। जैसे ही हीरो मोटर से पहुंचता है, उसका डाकू भाई घोड़े से चलती हुई ट्रेन में कूद पड़ता है। इंजन के अन्दर मार-धाड़ होती है। खलनायक ड्राइवर मारा जाता है। उसी समय हीरो मोटर से आ जाता है और उसके बाद···बाकी अंश आप रुपहले पर्दे पर देखिएगा। दरअसल अन्तिम दृश्य तीन तरह से लिया जाएगा और जो अच्छा लगेगा, उसीको रखा जाएगा।

पुलक बाबू सवेरे तीन मिनट के लिए झांककर चले गए हैं। हमारे लिए सारी व्यवस्थाएं ठीक हैं, इसकी जानकारी प्राप्त करने के बाद बोले, "लालूदा, आपको देखते ही पता चल गया कि 'तीरन्दाज' आपको बहुत

ही अच्छा लगा है।"

असल में लालमोहन बाबू ने सुबह से ही रात वाली घटना पर सोचा था और मन-ही-मन हंस रहे थे। पुलक बाबू के सामने वही हंसी बरकरार थी। अभी पुलक बाबू की बात कानों में पहुंची तो और भी जोर से हंसते हुए बोले, "ओह, किले के पार के लड़के, तुमने कमाल किया है, भाई—हा-हा!"

लौटने में रात हो जाएगी, इसलिए फेलूदा ने कहा कि हैंडबैग अपने अपने साथ ले लें। कल के खरीदे हुए संतरे, बिस्कुट, लेमनजूस वगैरह तीन हिस्सों में बांट दिए गए और लालमोहन बाबू का नकद दस हजार रुपया मैनेजर के जिम्मे संदूक में रखवा दिया गया और उससे रसीद ले ली गई।

"कौन जाने भैया," लालमोहन बाबू ने कहा, "फिल्म के डाकुओं के गिरोह में दो-चार असली डाकू घुस न आएंगे, इसकी कौन-सी गारंटी है?"

फेलूदा सवेरे एक बार बाहर निकला था। उसने बताया था कि उसके सिगरेट का स्टाक खत्म हो गया है और हम जहां चल रहे हैं, वहां सिगरेट भी नहीं मिल सकती है। उसके लौटने के दस मिनट बाद हम रवाना हो गए। आज भी गाड़ी में गुलबहार की थोड़ी-बहुत गंध थी।

बंबई से थाना स्टेशन तकरीबन पच्चीस किलोमीटर है। वहां से रास्ता दाहिने घूमकर नेशनल हाइ-वे को पकड़कर पूना की ओर चला गया है। इस रास्ते पर अस्सी किलोमीटर जाते ही खंडाला मिलता है। आज मौसम अच्छा है। आसमान में बादलों के टुकड़े तेज हवा के झोंके के कारण तीव्र गति से तैरते हुए जा रहे हैं और उनकी फांक से धूप निकलकर बंबई शहर को बार-बार धोती चली जा रही है। पुलक बाबू ने बताया था कि शूटिंग के लिए यह आदर्श मौसम है। लालमोहन बाबू को आज सब-कुछ अच्छा जैसा लग रहा है। उन्होंने इतना ही कहा, "विदेश जाने की उम्मीद पूरी हो गई, साहब! बस में आदमी लटककर नहीं जा रहे हैं, इसपर ध्यान दिया? अहा, इनमें कितना 'सिविकसेंस है।"

थाना पहुंचने में लगभग एक घंटे का वक्त लगा। अभी सवा नौ बज

रहे हैं। अभी हमारे पास वक्त है, इसलिए हम तीनों जने और ड्राइवर स्वरूपलाल ने एक चाय की दुकान के सामने गाड़ी खड़ी कर इलाइची दी हुई चाय पी।

थाना स्टेशन छोड़ने के कुछ ही क्षणों बाद हम पश्चिमी घाटी के पहाड़ की बगल से जाने लगे। ट्रेन की पटरियां अब हमारे निकट नहीं हैं। ट्रेन की पटरियां थाना के बाद ही उत्तर की ओर मोड़ लेती हुई कल्याण चली गई हैं। कल्याण से दक्षिण की तरफ मुड़ेंगी और माथेरन होती हुई पूना चली जाएंगी। बीच में हम लोगों को लेवल-क्रॉसिंग मिलेगी।

रास्ते में लालमोहन बाबू के गले में संतरे का बीज अटक जाने के कारण उन्हें हिचकी आने लगी। इसके अलावा और कोई घटना नहीं हुई। फेलूदा के मन की क्या स्थिति है, यह उसके चेहरे से समझ में नहीं आ रहा था। गंभीर है तो चिन्तित भी होगा, यह बात फेलूदा के साथ चरितार्थ नहीं होती। इसपर मैं पहले भी गौर कर चुका हूं।

साढ़े बारह बजे खंडाला पार कर जब हम एकाध मील दूर गए होंगे तो सामने की ओर के दूर रास्ते पर ऐसा प्रतीत हुआ, जैसे मेला लगा हो। उसके बाद सोचा, मेले में इतनी गाड़ियां क्यों रहेंगी? जब हम निकट पहुंचे तो गाड़ी और आदमी के अलावा वहां घोड़े भी दिखाई पड़े। अब समझ में आया कि यह भीड़ 'जेट बहादुर' की शूटिंग के दल के लोगों की है। कुल मिलाकर एकाध सौ आदमी होंगे। उसके अतिरिक्त बक्से, पिटारी, कैमरा, प्रकाश-रिफ्लेक्टर, दरी वगैरह। जैसे एक विराट आयोजन हो।

हमारी गाड़ी एक एम्बेसेडर और बस के बीच जगह पाकर उसके अन्दर चली गई। हम जैसे ही नीचे उतरे, पुलक बाबू हमारी ओर बढ़ आए—उनके सिर पर सफेद टोपी है और गले में दूरबीन जैसा कोई यंत्र झूल रहा है।

"गुड मॉर्निंग! सब ठीक है न?"

हम तीनों ने सिर हिलाकर हामी भरी।

"मिस्टर गोरे का इन्सट्रक्शन सुनिए—वे माथेरन में हैं, जहां से ट्रेन आ रही है। रेल-कम्पनी से बातचीत करनी है, शायद भुगतान भी करना

है। वे ट्रेन के साथ ही आएंगे या फिर मोटर से। ट्रेन जैसे ही आएगी, आप लोगों को उसकी सूचना मिल जाएगी। मोटे तौर पर कहना यही है कि वे चाहे आएं या नहीं आएं, आप लोग फर्स्ट क्लास में बैठ जाइएगा। ऑल क्लियर ?"

"ऑल क्लियर।" फेलूदा ने कहा।

बंबई की फिल्म लाइन में इतने बंगाली काम कर रहे हैं, ऐसी मेरी धारणा नहीं थी। उनमें से कुछ लोग फेलूदा को पहचानते हों तो इसमें आश्चर्य की कोई बात नहीं। कैमरामैन दाशू से परिचित होते ही उसकी भौंहों पर बल पड़ गए।

"मित्तिर ! आप क्या डिटेक···?"

"आपने पहचान लिया है, इसमें सन्देह नहीं, मगर यह बात छिपाए रहें।" फेलूदा ने कहा।

"क्यों साहब ? आप तो हमारे 'प्राइड' हैं। उस बार एलोरा की मूर्ति की चोरी का मामला···"

फेलूदा ने होंठों पर उंगली रखकर उन्हें खामोश रहने को विवश कर दिया। दाशू बाबू ने धीमी आवाज में कहा, "यहां क्या आप किसी बात की तहकीकात कर रहे हैं ?"

"जी नहीं," फेलूदा ने कहा, "अपने इस मित्र के साथ केवल घूमने-फिरने के लिए ही आया हूं।"

दाशू घोष इक्कीस बरसों से बंबई में रह रहे हैं, फिर भी वे नियमित तौर पर बंगला उपन्यास पढ़ते रहते हैं, यहां तक कि जटायु की भी दो-तीन पुस्तकें पढ़ चुके हैं। इस दृश्य के लिए उनके अतिरिक्त और भी दो गैर-बंगाली कैमरामैन हैं। पुलक बाबू के चार सहकर्मियों में से दो बंगाली हैं। जो लोग अभिनय करेंगे, उनके दल में कोई बंगाली नहीं है। अर्जुन महरोत्रा के अतिरिक्त खलनायक वेशधारी मिकी भी है। सिर्फ मिकी, उपाधि उपयोग में नहीं लाते हैं। बंबई के उदीयमान खलनायकों के बीच सबसे आगे हैं, एक ही साथ सैंतीस फिल्मों के अनुबन्ध-पत्रों पर उन्होंने हस्ताक्षर किया है, हालांकि उनमें से उनतीस की कहानी को बदलकर मार-धाड़ की संख्या कम करनी पड़ रही है। भाग्यवश 'जेट बहादुर' में

अब तक चार ही मार-धाड़ के दृश्य हैं, नहीं तो पुलक बाबू और मिस्टर गोरे को भी उधेड़-बुन में पड़ना पड़ता।

यह सब सूचना हमें प्रोडक्शन मैनेजर सुदर्शन दास ने दी। सुदर्शन दास उड़ीसा के रहने वाले हैं और बहुत दिनों से बंबई में रह रहे हैं। इस फिल्म के समाप्त होते ही वे कटक लौटकर चले जाएंगे और उड़िया फिल्म का निर्देशन करेंगे।

फेलूदा चहल-कदमी करता हुआ एक दूसरे जत्थे के पास चला गया है। वहां डाकुओं के गिरोह का मेकअप हो चुका है और पोशाक पहनाने का सिलसिला चल रहा है। एक डाकू से फेलूदा को घुल-मिलकर बातचीत करते देखकर मुझे आश्चर्य हुआ और मैं उसी ओर चला गया। उसके बाद डाकू की आवाज सुनकर समझ में आया—अरे, यह तो कुंग-फु एक्सपर्ट विक्टर पेरुमल है। उसका मेकअप हीरो के जुड़वां भाई के रूप में किया गया है। उसे दौड़ते हुए घोड़े से छलांग लगाकर भागती हुई ट्रेन की छत पर पहुंचना है, उसके बाद छः डिब्बों की छत पर चलते हुए इंजन के अन्दर जाकर खलनायक वेशधारी मिकी को घायल करना है। उसके बाद हीरो और बीस साल से लापता डाकू बने भाई के बीच उनका संघर्ष होगा।

लालमोहन बाबू ने इस विशाल आयोजन को देखकर चुप्पी साध ली है, हालांकि सोचकर देखा जाए तो उनमें स्फूर्ति का संचार होना चाहिए था, क्योंकि उनकी कहानी को ही केन्द्र मानकर इतनी चहल-पहल मची हुई है। बोले, "एक कहानी लिखकर इतने-इतने आदमियों को इतने झमेले, मेहनत और खर्च में डाल दिया है, यह सोचकर एक तरह की पिक्युलियर फीलिंग हो रही है, तपेश ! कभी-कभी मैं अपने-आपको बदस्तूर शक्तिशाली समझता हूं और कभी-कभी अपराध-भावना महसूस होती है। साथ-ही-साथ यह भी महसूस होता है कि ये लोग लेखकों को सम्मान की दृष्टि से नहीं देखते। बता सकते हो, यहां कितने आदमी जटायु के नाम से परिचित हैं ?"

मैंने सांत्वना देने के खयाल से कहा, "अगर फिल्म हिट होती है तो

अवश्य ही परिचित हो जाएंगे।"

"उम्मीद तो है।" लालमोहन बाबू ने लम्बी सांस लेकर कहा।

जिन डाकूओं का मेकअप हो चुका है, वे घोड़े पर सवार होकर भाग-दौड़ करने लगे हैं। घोड़े एक बहुत बड़े बरगद के नीचे खड़े थे। गिनती करके देखा, उनकी संख्या कुल मिलाकर नौ थी।

कुछेक मिनटों के दरमियान नीले रंग के उठे कांच की एक विशाल सफेद रंग की लिंकन कनवर्टिबल गाड़ी में बैठकर हीरो और खलनायक आकर हाजिर हुए। हीरोइन की जरूरत नहीं पड़ेगी क्योंकि ट्रेन के डिब्बे में बंदिनी की स्थिति में उसके शॉट स्टूडियो में ही लिए जाएंगे। यह एक तरह से अच्छी बात है। इन दो पुरुषों सितारों के गाड़ी से उतरते ही चारों तरफ शोरगुल मच गया। हीरोइन रहती तो न जाने क्या होता!

सुदर्शन बाबू चाय ले आए थे। चाय पीना खत्म कर हम प्याले लौटा ही रहे थे कि तीव्र स्वर में लाउडस्पीकर से सुनाई पड़ा, "ट्रेन कमिंग, ट्रेन आ रही है। एवरी बॉडी रेडी!"

१०

'हिस-हिस' आवाज करते काला धुआं उगलते हुए आठ अदद डिब्बों के साथ पुरानी किस्म का इंजन जब लेवल-क्रॉसिंग के साथ आकर खड़ा हुआ तो उस समय घड़ी में एक बजने में पांच मिनट बाकी थे। फर्स्ट-क्लास का डिब्बा एक ही है और वह भी पुराने ढांचे का ही, यह दूर से ही समझ में आ रहा है। दूसरे-दूसरे डिब्बों में माथेरन में ही मुसाफिर बिठा दिए गए हैं। उनमें लड़के बच्चे, बुड्ढे, हर किस्म के लोग हैं। ट्रेन रुकते ही पुलक बाबू व्यस्तता में डूब गए। वे कभी इस कैमरे से उस कैमरे के पास भागे जा रहे हैं, कभी हीरो के पास से खलनायक के पास और फिर कभी इस असिस्टेण्ट से उस असिस्टेण्ट के पास। लालमोहन बाबू तक को कहना पड़ा, "नहीं साहब, पैसा लगाने से ही फिल्म तैयार हो जाती हो, ऐसी बात नहीं।"

हीरो की गाड़ी तैयार है, काला चश्मा लगाए अर्जुन महरोत्रा स्टीयरिंग थामे बैठा है, बगल में उसका मेकअप मैन और दो छोकरानुमा व्यक्ति हैं। शायद उसके चमचे होंगे। अर्जुन के सामने एक हुडवाली जीप के तिपाई-स्टैण्ड पर कैमरे भी तैयार हैं। विक्टर के साथ डाकुओं का गिरोह घोड़ों पर चढ़कर पहले ही निकल चुका है। चलती हुई ट्रेन से सिगनल मिलने पर वे एक खास पहाड़ के खास स्थान में उतरकर ट्रेन की बगल से दौड़ना शुरू करेंगे। खलनायक मिकी को पुलक बाबू का एक सहकारी अपने साथ लिए इंजन की ओर चला गया।

हमें क्या करना चाहिए, ठीक-ठीक समझ में नहीं आ रहा है। क्योंकि मिस्टर गोरे दीख नहीं रहे हैं। वे ट्रेन में बैठकर आए हैं या नहीं, यह बात समझ में नहीं आ रही है।

भीड़ हालांकि कम हो गई, मगर हमारी ओर कोई भी नहीं आ रहा है। यह देखकर लालमोहन बाबू बेचैन जैसे दिखने लगे। बोले, "ए फेलू बाबू, इन लोगों के ध्यान से हमारी बात उतर गई है क्या ?"

फेलूदा ने कहा, "प्रथम श्रेणी का एक ही डिब्बा है। जैसाकि कहा गया है, हमें उसीमें चलकर बैठ जाना चाहिए। दो मिनट और इन्तजार कर लें।"

दो मिनट के पहले ही इंजन ने दो बार सीटी बजाई और उसी क्षण सुदर्शन दास ने हमें पुकारा।

"आप लोग चले आइए, चले आइए।"

हाथ में बैग लिए हमने दौड़ना शुरू किया। सुदर्शन बाबू हमें प्रथम श्रेणी के दरवाजे तक पहुंचा गए। बोले, "मुझे कुछ मालूम नहीं था। अभी-अभी एक आदमी आकर कह गया, गोरे साहब आधे घण्टे के अन्दर आ रहे हैं। पहले शॉट के बाद ट्रेन फिर यहीं लौटकर चली आएगी।"

डिब्बे के अन्दर जाने पर देखा, एक बेंच पर पानी का एक फ्लास्क पड़ा है और सफरी रेस्तरां का नाम लिखे कागज के चार डिब्बे पड़े हैं। यानी हम लोगों का लंच। इतनी व्यस्तता में डूबे रहने के बावजूद उनकी स्मरणशक्ति इतनी तीव्र है, यह मानना ही होगा।

एक बार और सीटी बजी और एक झटके के साथ गाड़ी रवाना हो गई। हम तीनों व्यक्ति खिड़की से बाहर घटने वाली घटनाएं देखने के लिए तैयार हो गए। यह एक नया ही अनुभव है, इसलिए मन में एक तरह का रोमांच जग रहा है।

गाड़ी की गति क्रमशः तीव्र होती जा रही है। दाहिनी ओर से रास्ता है और उसी ओर की बेंच पर हम तीनों व्यक्ति बैठे हैं। बाईं ओर पहाड़ रहेगा और वह डाकुओं की दिशा है। दाहिनी ओर हीरो की दिशा है।

जब गति थोड़ी और तीव्र हो गई तो शुरू में कैमरासहित जीप दिखाई पड़ी, उसके बाद हीरो की गाड़ी आती हुई दिखाई पड़ी। अभी हीरो के अतिरिक्त गाड़ी में कोई नहीं है। कैमरे का मुख भी उसीकी ओर घूमा हुआ है, यह समझ गया। 'जो आदमी तसवीर ले रहा है, उसके अलावा तीन और व्यक्ति उसमें हैं, जिनमें से एक पुलक बाबू का सहकारी

है। वह हाथ में चोंगा लिए हीरो को 'दाहिने देखो, बायें देखो' इत्यादि निर्देश दे रहा है।

और, दो कैमरों में से एक के साथ पुलक बाबू हैं और वह कैमरा ट्रेन के एक डिब्बे के अन्दर ही है। तीसरा कैमरा ट्रेन के पीछे की ओर आखिरी डिब्बे की छत पर है।

हीरो उतनी जोर से गाड़ी नहीं चला रहा है, यह देखकर मेरा उत्साह ठंडा पड़ गया था, मगर फेलूदा ने बताया कि फिल्म में वह जोर से ही चलती हुई दिखेगी, क्योंकि कैमरे का स्पीड को कम कर शॉट लिया जा रहा है।

बात सही है। इसपर मेरा ध्यान नहीं गया था।

कुछ ही देर में कैमरा और हीरो की गाड़ी हम लोगों के डिब्बे को पीछे छोड़कर आगे निकल गई। पुराने डिब्बे हैं, इसलिए खिड़कियों में सलाखें नहीं हैं। गर्दन निकालकर और कुछ देर तक देखने की इच्छा थी। मगर फेलूदा ने बाधा देते हुए कहा, " 'जेट बहादुर' फिल्म देखने के लिए जाते हुए अगर दिखाई पड़े कि तुम गर्दन निकालकर शूटिंग देख रहे हो तो यह क्या अच्छा रहेगा?"

लोभ दबाकर दूसरी तरफ की खिड़की के पास बैठने के लिए जैसे ही खड़ा हुआ कि वही खुशबू आई।

फेलूदा को अब अपने निकट नहीं पाया। उसकी आंखें बाथरूम के दरवाजे की ओर हैं, वह छलांग लगाकर दूसरी ओर चला गया है और उसका हाथ कोट की पॉकेट में है।

"कोई भी चीज बाहर निकालने से कोई फायदा नहीं होगा, मिस्टर मित्तिर! आपकी ओर एक रिवॉल्वर निशाना साधे हुए है।"

अब देखा, पहाड़ की तरफ वाला दरवाजा खुल गया। एक आदमी हाथ में रिवॉल्वर लिए दरवाजे को ठेलकर अन्दर आया और दरवाजे के सामने ही खड़ा हो गया। इसपर क्या पहले नजर पड़ चुकी है? हां—यही तो वह लाल शर्ट है, लेकिन आज इसका पहनावा और ही तरह का है। आज चेहरे पर जो क्रूरता दिखाई पड़ रही है, वह हवाईअड्डे पर नहीं थी। उसे इस हालत में देखकर समझ गया कि यह आदमी परले दर्जे

का खूनी है। उसके हाथ का रिवॉल्वर फेलूदा की ओर निशाना साधे हुए है।

अब बाथरूम का दरवाजा जो थोड़ा-सा खुला हुआ था, पूरी तरह खुल गया और उसी क्षण डिब्वे में गुलबहार की गंध भर गई।

"सान···सान···"

लालमोहन बाबू का शरीर सिकुड़ गया।

"सान्याल ही हूं," अजनबी ने कहा, "और आपसे ही मुझे काम है, मिस्टर गांगुली! किताब का पैकेट आप छोड़कर नहीं आए होंगे। बैग खोलिए और निकाल कर दे दीजिए। अगर नहीं दिया तो इसका नतीजा क्या होगा, इसे कहने की जरूरत नहीं।"

"प-प-पैकेट···"

"किस पैकेट के बारे में कह रहा हूं, आप अवश्य ही समझ गए होंगे। उस दिन आपके हाथ में आपकी ही पुस्तक मैं थमाकर नहीं आया था? बाहर निकालिए, बाहर निकालिए!"

"आप गलती में हैं। पैकेट उनके पास नहीं, मेरे पास है।"

ट्रेन की आवाज के कारण सभीको चिल्ला-चिल्लाकर बोलना पड़ रहा है, मगर फेलूदा की गम्भीर आवाज धीमी रहने पर भी ट्रेन की आवाज को दबाकर सान्याल के कानों में पहुंच चुकी है, क्योंकि चश्मे के नीचे उसकी आंखें चमक उठी हैं।

"लाइफ डिवाइन के इतने पन्नों को बर्बाद करने से आपको ऐश्वर्य में कोई वृद्धि हुई?" फेलूदा का स्वर अब भी शान्त है, शब्द नपे-तुले।

"निम्मो," गुंडे की ओर तिरछी निगाहों से देखता हुआ सान्याल रूखे स्वर में बोला, "यह आदमी कोई गड़बड़ करे तो इसे खत्म कर डालना··· हाथ ऊपर उठाकर रखिए, मिस्टर मित्तिर!"

"आपका सनकीपन बहुत बढ़ रहा है!" फेलूदा ने कहा। "आप जिस चीज की मांग कर रहे हैं, वह अगर मिल जाए तो भी आप हम लोगों को छोड़ नहीं देंगे? हमें जान से ही मारकर छोड़ेंगे? मगर ट्रेन रुकने पर आपकी क्या हालत होगी, इसपर सोचकर देखा है?"

"वेरी इजी," मिस्टर सान्याल दांत निकालकर बेहूदे ढंग से हंस पड़ा,

"मुझे कौन पहचानता है ? ट्रेन में इतने-इतने मुसाफिर हैं, उनके बीच हम शामिल नहीं हो सकेंगे ? आप लोगों की लाश पड़ी रहेगी और मैं बाहर निकलकर दूसरे डिब्बे में चला जाऊंगा। वेरी इजी, इजन'ट इट ?"

फेलूदा के साथ अनेक प्रकार के संकटों के बीच पड़ने के कारण मेरा साहस बढ़ गया है, यह ठीक है, लेकिन किसी कारणवश इस क्षण साहस बटोरने की लाख चेष्टा करने के बावजूद मेरी देह ठंडी पड़ती जा रही है। कारण और कुछ नहीं, बल्कि वह निम्मो है। इस तरह के क्रूर खूनी चेहरे के बारे में सिर्फ कहानी ही में उल्लेख मिलता है। डिब्बे के बन्द दरवाजे पर पीठ टेके वह खड़ा है। उसकी देह की महीन बेल बूटेदार शर्ट खुली खिड़की से आती हवा के कारण फड़फड़ा रही है, दाहिना हाथ यद्यपि ट्रेन के झटके के कारण हिल रहा है लेकिन रिवॉल्वर का निशाना ठीक फेलूदा की ओर ही है।

सान्याल एक-एक कदम रखता हुआ आगे चला आया। सेंट की गंध से नाक में जलन महसूस हो रही है। सान्याल की आंखें फेलूदा के बैग की ओर है। एयर इंडिया का बैग फेलूदा के सामने ही सीट पर रखा हुआ है। लालमोहन बाबू किस स्थिति में हैं, मालूम नहीं, क्योंकि अभी वे मेरे पीछे की ओर हैं। ट्रेन की आवाज पर हांफने जैसी उनकी सांसों की आवाज हावी होकर मेरे कानों में आ रही है।

ट्रेन भागती हुई चली जा रही है। इसका मतलब यह कि शूटिंग का काम भी चल रहा है। मिस्टर गोरे ने किस तरह हमें घोर मुसीबत में डाल दिया, इसका उन्हें पता है ?

सान्याल ने सीट पर बैठकर बॉक्स का कैच दबाया। ढक्कन नहीं खुला। बॉक्स में चाबी लगी हुई है।

"चाबी कहां है ? इसकी चाबी कहां है ?"

मिस्टर सान्याल का पूरा चेहरा असहिष्णु क्रोध से सिकुड़ गया।—

"चाबी कहां है ?"

"पॉकेट में," फेलूदा ने शान्त भाव से उत्तर दिया।

"किस पॉकेट में ?"

"दाहिने।"

मुझे मालूम है कि फेलूदा की उसी पॉकेट में रिवॉल्वर है।

सान्याल उठकर खड़ा हो गया। गुस्से से कांपने लगा। कुछ क्षणों के लिए हतप्रभ जैसा खड़ा रहा। उसके बाद—

"आओ!" मेरी ओर मुड़कर मिस्टर सान्याल चिल्ला उठा।

फेलूदा ने मेरी ओर देखा। इशारे से समझ गया, वह मुझे सान्याल के आदेश का पालन करने को कह रहा है।

जब मैं फेलूदा की ओर बढ़ने लगा तो ट्रेन की आवाज के अतिरिक्त एक और आवाज मेरे कानों में आई। घोड़े की टाप की आवाज।

इस बीच कब पहाड़ आ चुका है, इसपर ध्यान ही नहीं गया था। जब मैं फेलूदा की जेब में हाथ डाल रहा था, पहाड़ पर से धूल उड़ाता हुआ डाकुओं का गिरोह उतर रहा था।

रिवॉल्वर के पास टटोलते ही चाबी पर हाथ गया।

"दे दो।"

मैंने मिस्टर सान्याल को चाबी दे दी। फेलूदा के दोनों हाथ अब भी सिर के ऊपर हैं।

सान्याल ने बॉक्स के नीचे चाबी डालकर उसे घुमाया। बॉक्स खुल गया। 'लाइफ डिवाइन' ऊपर ही रखा हुआ था। बॉक्स से किताब बाहर निकाल ली गई।

खिड़की के ठीक बाहर ही घोड़े की टाप सुनाई पड़ रही है। एक नहीं, बहुत-से घोड़े हैं—पहाड़ के ऊपर से तीर की गति से नीचे उतर रहे हैं और ट्रेन से होड़ लगाते हुए दौड़ रहे हैं।

सान्याल ने पुस्तक को हाथ में ले कई पन्नों को पलटा, फिर वह उस स्थान पर पहुंचा जहां पन्ने उलटे नहीं जा सकते हैं। क्योंकि वे आपस में सटे हुए हैं। अब पन्नों को उलटने के बदले सान्याल ने एक दूसरा ही अजीब तरह का काम किया। पन्ने के बिचले हिस्से को मोड़कर उसे फाड़ डाला और फाड़ते ही एक चौकोर सूराख बाहर निकल आया। पन्नों के बिचले हिस्से को एकसाथ काटकर सूराख बनाया गया था।

चौकोर के अन्दर दृष्टि डालते ही सान्याल के चेहरे की हालत देखने लायक हो गई। पता नहीं, उसने उसके अन्दर किस चीज की उम्मीद की

थी ! अभी उसके अन्दर से आठेक जले हुए सिगरेट के टुकड़े, एकाध दर्जन दियासलाई की जली हुई तीलियां और थोड़ी-सी सिगरेट की राख बाहर निकली।

"अयन्था मत लीजिएगा," फेलूदा ने कहा,"उसे राखदान के तौर पर उपयोग में लाने का लोभ संभाल नहीं सका।"

अबकी सान्याल इतने जोर से चिल्लाया कि लगा, पूरी ट्रेन उसकी बात सुन लेगी।

"बेअदबी की और कोई दूसरी जगह नहीं मिली ? अन्दर की असली चीज कहां है ?"

"आप किस चीज के बारे में कह रहे हैं ?"

"स्काउण्ड्रेल !—तुम्हें मालूम नहीं है कि किस चीज के बारे में कह रहा हूं ?"

'मालूम है, फिर भी आपकी जबान से सुनना चाहता हूं।"

"वह चीज कहां है ?" मिस्टर सान्याल फिर चिल्ला उठे।

"पॉकेट में।"

"किस पॉकेट में ?"

"बाईं पॉकेट में।"

डाकुओं का गिरोह अभी बिलकुल खिड़की के बाहर है, क्योंकि पहाड़ और भी निकट चला आया है। हम लोगों के डिब्बे के अन्दर धूल समा रही है।

'यू देअर।"

मैं जानता था कि मुझे पुनः आदेश दिया जाएगा।

"मुंह बाये क्यों खड़े हो ?—जाओ, अन्दर हाथ डालो।"

मुझे फिर उसके आदेश का पालन करना पड़ा।

अबकी पॉकेट से ऐसी चीज निकली जिसे मैंने कभी अपने हाथ से छुआ भी नहीं होगा। हीरे और मोती से गुंथा यह हार राजा-महाराजाओं के हाथ में ही शोभा पा सकता है।

"मुझे दो।"

मिस्टर सान्याल की आंखें चमक रही हैं मगर अबकी गुस्से से नहीं,

बल्कि उल्लास और लोभ से।

मेरा हाथ सान्याल की ओर बढ़ गया। फेलूदा के हाथ सिर के ऊपर उठे हुए हैं। लालमोहन बाबू के मुंह से कराहने जैसी आवाज निकल रही है। उसके बाद डाकुओं का गिरोह···

धड़ाम !

एक धड़ाके के साथ हमारा डिब्बा जैसे हिल-डुल उठा और उसके बाद ही देखा, निम्मो डिब्बे के फर्श पर उलट-पुलट रहा है। इसका कारण यह है कि दो पैर खिड़की से अन्दर समा गए थे और जोरों से उसके बदन पर लात चलाई थी। नतीजा यह हुआ कि निम्मो के हाथ से रिवॉल्वर छिटककर छत की बत्ती से जाकर टकराया और उसे चूर-चूर कर दिया और उसी क्षण बिजली की गति से फेलूदा के हाथ में उसका रिवॉल्वर आ गया।

अब पहाड़ की तरफ का दरवाजा फिर से खुल गया और दरवाजे से डाकू के वेश में जिस सज्जन ने प्रवेश किया, उसे हम तीनों अच्छी तरह पहचानते हैं।

"थैंक यू मिस्टर !" फेलूदा ने कहा।

११

सान्याल सीट पर बैठ गया है। अब वह गुस्से से नहीं, भय से कांप रहा है, क्योंकि उसे मालूम है कि अब वह काबू में आ गया है और उसके लिए भागने का रास्ता नहीं रह गया है।

इधर शूटिंग में गड़बड़ी होते देखकर किसीने जंजीर खींच डाली है क्योंकि रेलगाड़ी का चलना जिस तरह एकाएक रुक गया, वैसा जंजीर खींचने पर ही होता है।

गाड़ी रुकते ही कुछ सेकेंडों के दरमियान शोरगुल सुनाई पड़ने लगा। एक ही व्यक्ति का नाम लेकर बहुतेरे व्यक्ति चिल्ला रहे हैं।

"विक्टर ! विक्टर ! विक्टर कहां गया ?"

पुलक बाबू के गले की आवाज है। जितना भी शोरगुल हो रहा है, वह विक्टर के कारण ही, क्योंकि उसे छत पर छलांग लगानी थी, मगर वह सीधे हमारे कमरे के अन्दर चला आया है।

फेलूदा ने दरवाजा खोलकर गर्दन बाहर निकालते हुए पुलक बाबू को पुकारा।

"यहां है साहब, यहां।"

वे घबराकर हमारे कमरे के अन्दर चले आए। देखने पर लगा, उनकी हालत बुरी है, क्योंकि इस तरह का एक शॉट बर्बाद हो जाए तो लगभग तीस हजार रुपया पानी में बह जाएगा।

"क्या बात है, विक्टर ? तुम्हारा दिमाग गड़बड़ा गया है क्या ?"

"आपकी फिल्म में 'जेट बहादुर' की ख्याति एकमात्र विक्टर पेरुमल ही पा सकता है, पुलक बाबू !"

"इसका मतलब ?" पुलक बाबू ने अवाक् हो फेलूदा की ओर देखा।

उनके हैरत से भरे भाव में अब भी यथेष्ट मात्रा में ऊब की छाया है।

"और स्मगलर का पार्ट परमेश कपूर को देने के स्थान पर आपको इस व्यक्ति को देना चाहिए था।"

"आप क्या-क्या ऊटपटांग बातें कह रहे हैं? आप कौन हैं?" पुलक बाबू ने सान्याल की ओर ताकते हुए पूछा।

इसी बीच दाहिनी तरफ की सड़क पर दो नई गाड़ियां आकर लग गई हैं—उनमें से एक पुलिस जीप है और दूसरी पुलिस वैन। जीप हमारे डिब्बे के पास ही आकर रुकी। उससे इंस्पेक्टर पटवर्धन नीचे उतरे।

अब फेलूदा ने पुलक बाबू के सवाल के जवाब में मिस्टर सान्याल के पास जाकर शुरू के दो झटकों में उसकी दाढ़ी और मूंछें तथा दूसरे दो झटकों में उसके विग और चश्मे को उतार फेंक दिया और बोला—"आपकी देह को झटका देकर गुलबहार गंध भी बाहर निकाल पाता तो मुझे खुशी होती, मिस्टर गोरे, मगर इस मामले में फेलू मित्तिर असमर्थ है।"

"प्रोड्यूसर अगर मीसा में बंद हो जाता है तो फिल्म पर प्रतिबन्ध लग जाएगा, यह बात आपसे किसने कहा लालूदा?"

सवाल पुलक बाबू ने किया था। लालमोहन बाबू कुछ भी नहीं बोले थे, बल्कि गर्दन सिकोड़े गंभीर होकर बैठे थे। गंभीर होने का कारण है जेट बहादुर के संबंध में चिन्ता।

"जेट बहादुर को कोई भी बाधा नहीं पहुंचा सकेगा, लालूदा!" पुलक बाबू ने कहा। गोरे भाड़ में जाए, बर्बाद हो जाए, हवालात में बंद करवा दिया जाए—उसके साथ चाहे जो हो—प्रोड्यूसर बंबई में एक ही व्यक्ति नहीं है। चुन्नी पांचोली एक साल से मेरी खुशामद कर रहा है। आप देखिएगा कि आपके रहते-रहते ही नये सिरे से तैयारी शुरू हो जाएगी।"

आज की शूटिंग डेढ़ बजे ही बन्द हो चुकी है। गोरे और निम्मो के हाथ में हथकड़ियां डाल दी गई हैं, नाना साहब का नौलखा हार पुलिस के कब्जे में चला गया है। इस तरह की कोई घटना घट सकती है, इसका अन्दाज फेलूदा को पहले ही लग चुका था और इसलिए सुबह वह सिगरेट

खरीदने के बहाने इंस्पेक्टर पटवर्धन से मिल आया था और पुलिस का इंतजाम करआया था। गोरे किसी समय कलकत्ता में लगातार बारह साल तक रह चुका था। उसने सिर्फ डॉन वॉस्को में ही नहीं, बल्कि सेंट जेवियर्स में भी शिक्षा पाई थी—इसीलिए वह बंगला अच्छी तरह जानता है—हालांकि बंबई में वह आमतौर से हिन्दी, मराठी और अंग्रेजी का इस्तेमाल करता है।

हम लोग खंडाला के डाकबंगले के बरामदे में बैठे हैं। बहुत ही खूबसूरत पहाड़ी स्थान है, हवा में बदस्तूर ठंडेपन का आभास है। बंबई के बहुतेरे आदमी आबोहवा बदलने यहां आते हैं। सफरी का मटन, दो प्याजी और नान हम पहले ही खा चुके हैं, अभी तीसरे पहर के साढ़े चार बज रहे हैं, इसलिए सभी चाय के साथ पकौड़े खा रहे हैं।

अपनी मेज पर हम तीनों बैठे हुए हैं। पुलक बाबू इतनी देर तक हम लोगों के साथ थे,अभी-अभी उठकर महरोत्रा की मेज पर चले गए हैं। अर्जुन महरोत्रा कुछ बुझा-बुझा जैसा दीख रहा है। उसका कारण शायद यह है कि आज का हीरो निःसन्देह प्रदोष मित्तिर है। इस बीच बहुतेरे व्यक्ति फेलूदा के ऑटोग्राफ ले चुके हैं, यहां तक कि खलनायक मिकी भी।

दूसरा हीरो विक्टर पेरुमल है, इसमें कोई सन्देह नहीं। फेलूदा ने विक्टर से पहले से ही कहकर रख दिया था। कहा था, "घोड़ा लिए जब ट्रेन की बगल में पहुंचोगे तो फर्स्टक्लास के डिब्बे पर जरा निगरानी रखना। कोई गड़बड़ी नजर आए तो दरवाजे से अन्दर चले आना।" फेलूदा के दोनों हाथों को सिर के ऊपर उठे देखकर विक्टर को समझ में आ गया कि कोई-न-कोई गड़बड़ अवश्य ही है। आश्चर्य है, इतना बड़ा काम करने के बावजूद उसमें कोई अहंकार की भावना नहीं है। वह इसी बीच डाकबंगला के सामने के मैदान में अपने आदमियों के साथ 'वन-टू-थ्री' कहता हुआ कुंग-फु का अभ्यास करने लगा है।

"मगर बात यह है कि…"

लालमोहन बाबू के मुंह से इतनी देर के बाद आवाज निकली। फेलूदा ने उसे बीच में ही टोकते हुए कहा, "बात यह है कि आप अब भी

अंधेरे ही में हैं। है न यह बात ?"

जटायु ने लाचारी की हंसी हंसकर सिर हिलाकर हामी भरी।

फेलूदा ने कहा, "आपके मन के अंधेरे को दूर हटाना कोई बड़ी बात नहीं है। पर हां, उसके पहले गोरे के बारे में जानना होगा, तभी उसकी करतूत समझ में आएगी।"

"शुरू में ही ध्यान रखना होगा कि वह स्मगलर है, मगर उसने संभ्रांत फिल्म-प्रोड्यूसर का बाना धारण कर लिया है। आपकी कहानी पर फिल्म बना रहा है। अपनी कहानी में आपने लिखा है कि शिवाजी कैसल में स्मगलर वास करते हैं। इससे गोरे का विचलित होना स्वाभाविक है। उसके मन में सवाल पैदा होता है—आप शिवाजी कैसल के बारे में कितना कुछ जानते हैं, क्योंकि वह खुद स्मगलर है और शिवाजी कैसल में ही रहता है। यही जानने के खयाल से वह सान्याल बनकर आपके घर पर आ गया था। आपसे बातचीत करने के बाद उसकी समझ में आता है कि डरने की कोई बात नहीं है, आप अत्यन्त निरीह व्यक्ति हैं और शिवाजी कैसल का प्रसंग कल्पना पर आधारित है। उसी समय उसके दिमाग में यह बात आती है कि किताब के पैकेट में नौलखा हार रखकर क्यों न आपके ही हाथ इसे भेज दिया जाए। गोरे अपने गिरोह के ही एक आदमी के पास यह माल भेज रहा था—वह संभवतः शिवाजी कैसल की सत्रहवीं मंजिल के दो नंबर फ्लैट में रहता है। आप यदि पकड़े जाते हैं तो सान्याल पर दोष मढ़िएगा, गोरे पर नहीं—है न यही बात ? यानी सान्याल को खड़ा कर गोरे निरापद रहना चाहता है।

"इधर गड़बड़ हो गई। आप पचास लाख रुपये के हार के बदले अपनी पांच रुपये की पुस्तक एक हाथ से दूसरे हाथ में दे आए। उस पुस्तक का पैकेट लिए लाल शर्ट यानी निम्मो शिवाजी कैसल की लिफ्ट से सत्रहवीं मंजिल पर जा रहा था। उसी समय गोरे के किसी प्रतिद्वन्द्वी गिरोह का आदमी पैकेट छीन लेने के खयाल से निम्मो पर आक्रमण करता है। निम्मो उसकी हत्या कर पैकेट यथास्थान पहुंचाकर खिसक जाता है। इधर पैकेट में हार न मिलने की सूचना पाने के कारण गोरे को चला आना पड़ता है। वह समझ जाता है कि बात क्या है। अब उसे दो काम करने

हैं। एक, हार वापस लेना है; दूसरे, हम लोगों को खत्म करना है। उसे भरोसा बस इतना ही है कि हम लोगों ने 'लाइफ डिवाइन' के रहस्य का उद्घाटन कर पुलिस के हाथ में हार सुपुर्द नहीं किया है। यहां आते ही गोरे ने समझा कि सान्याल को फिर से रंगमंच पर लाना होगा। सान्याल ही ने माल भेजा है तो सान्याल को ही उसका फिर से उद्घाटन करना है, ऐसी स्थिति में गोरे पर किसी प्रकार का सन्देह भी नहीं किया जाएगा।"

"मगर गुलबहार···"

"बता रहाहूं—सब कुछ बता रहा हूं। गुलबहार सेंट का उपयोग गोरे की शैतानी बुद्धि का आश्चर्यजनक उदाहरण है। इसके लिए वह कलकत्ता से ही तैयार था। सान्याल का अर्थ ही है गुलबहार, और गुलबहार का अर्थ ही है सान्याल—यह धारणा आपके मन में जड़ जमाकर बैठ गई थी —है न यह बात ?"

"हां, एक तरह से बैठ तो गई थी जरूर।"

"ठीक है। अब याद कीजिए—उस दिन गोरे हमें बैठक में बिठाकर कुछ देर के लिए कमरे के बाहर चला गया था—भाव ऐसा था जैसे आपके लिए रुपया लाने गए हैं—है न यह बात ?"

"टीक है।"

"उसी अन्तराल में लिफ्ट के अन्दर जाकर गुलबहार सेंट की दो बूंद छिड़क देना क्या कोई कठिन काम है ? ऊपर से नीचे तक की तमाम मंजिलों को सूंघने से सेंट की गंध नहीं मिली तो समझ गया कि गंध सिर्फ लिफ्ट के अन्दर ही है। यानी गंध आदमी के शरीर से नहीं बल्कि सेंट की शीशी से आई है। उसी तरह किसी आदमी के द्वारा लोटस सिनेमा के सामने गाड़ी की खिड़की से हाथ बढ़ाकर सेंट की कुछ बूंदें सीट पर छिड़कवा देना अत्यन्त सरल काम है।"

फेलूदा ने समझा दिया तो बात सचमुच ही बहुत आसान हो गई। लालमोहन बाबू को भी बात समझ में आ गई है, इसमें कोई सन्देह नहीं, मगर इसपर भी उनके चेहरे पर हंसी न आते देखकर हैरानी हुई। पुलक बाबू की एक बात से उन्हें हंसी आ गई, इसका पता पहले ही क्यों-

कर चलता !

चाय का दौर समाप्त होने के बाद जब शहर जाने की हड़बड़ी मची हुई थी, उस समय सूर्य पहाड़ के पीछे की ओर उतर चुका था और ठंड बढ़ जाने के कारण बदन में कंपकंपी महसूस हो रही थी। उस समय पुलक बाबू को व्यस्तता के साथ अपनी ओर आते हुए देखा।

"फेलूदा, 'जेट बहादुर' का विज्ञापन शुक्रवार को दिया जा रहा है—लेकिन उसके पहले एक बात की जानकारी हासिल कर लेना चाहता हूं।"

"बात क्या है, भाई ?"

"आपका कौन-सा नाम जाएगा—असली या नकली ?"

"नकली ही असली है, भाई !" लालमोहन बाबू ने कहकहा लगाकर कहा, "हिज्जे होगा—जे ए टी यू इ।"

गोसांईपुर

"गोसांईपुर में आपका कोई परिचित आदमी रहता है न ?" रहस्य-रोमांच के उपन्यासकार जटायु अर्थात् लालमोहन गांगुली से फेलूदा ने पूछा।

हम, तीन तिलंगे, विक्टोरिया मेमोरियल का परिदर्शन कर चहल-कदमी करते हुए गंगा के किनारे पहुंच चुके हैं। प्रिंसेप घाट के पास वाले गुंबददार घर में बैठकर चना जोर खा रहे थे और गंगा की हवा का मजा ले रहे थे। समय था, तीसरे पहर का पांच बजे, तारीख तेरह अक्तूबर। 'हम लोगों के सामने ही पानी में लाइफ-ब्वॉय तैर रहा है, उसकी क्या उपयोगिता है ?' यह लालमोहन बाबू को समझाकर फेलूदा ने सवाल किया। लालमोहन बाबू ने कहा, "है। तुलसी बाबू ! तुलसीचरण दास गुप्त। एथिनियम में गणित और भूगोल पढ़ाते थे। राजा दीनेन्द्र स्ट्रीट में रहते थे, अब रिटायर होकर गोसांईपुर चले गए हैं। वहां पैतृक मकान है। कितनी ही बार मुझे आने के लिए लिख चुके हैं। जानते हैं, मेरे बहुत बड़े भक्त हैं। खुद भी बच्चों के लिए कहानी वगैरह लिखते हैं। 'संदेश' में दो-चार कहानियां प्रकाशित हो चुकी हैं। मगर एकाएक आप गोसांईपुर की चर्चा क्यों छेड़ बैठे ?"

"वहां से एक चिट्ठी आई है। लिखा है जीवनलाल मल्लिक ने। श्यामलाल के पुत्र जीवनलाल ने। वंश-परिचय का तृतीय खंड उलटकर देखा, मल्लिक लोक गोसांईपुर के जमींदार थे।"

फेलूदा खामोश हो गया। क्योंकि किसी जहाज में जोरों से भोंपू बज उठा था। आज ही सवेरे गोसांईपुर से चिट्ठी आयी है, इसका मुझे पता है, हालांकि यह नहीं मालूम कि उसमें क्या लिखा है। मैंने इसपर गौर

किया था कि चिट्ठी पढ़कर फेलूदा ने एक चारमीनार सुलगाई थी और कुछ देर तक चुप्पी साधे बैठा रहा था।

"उन्होंने क्या लिखा है ?" लालमोहन बाबू ने पूछा।

"लिखा है, किसी व्यक्ति या कुछ व्यक्तियों ने उसके पिता की हत्या करने की योजना बनाई है। मैं जाकर इसका पता लगा सकूं तो वे बहुत ही एहसानमन्द होंगे तथा मुझे यथेष्ट परिश्रम देंगे।"

"चलिए न साहब," लालमोहन बाबू ने कहा। "अभी हम फ़ुरसत में हैं। मेरी नई पुस्तक प्रकाशित हो चुकी है। आपके हाथ में भी तत्काल कोई काम नहीं है, इसके अलावा दिल्ली वगैरह तो बहुत हो चुका, अब जायका बदलने के लिए देहात जाना बुरा नहीं रहेगा। सुना है, निकट ही सेगुनहाटी है, जहां बहुत बड़ा मेला लगता है। इसी वक्त चलिए। चलिए सर, हम निकल पड़ें।"

"उन लोगों के घर में रहने में असुविधा होगी, इसलिए तीनेक मील दूर श्रीपुर में किसी परिचित के मकान में मेरे लिए ठहरने की व्यवस्था करेंगे। साइकिल रिक्शे से जाना-आना पड़ता है। मुझे लग रहा है, गोसांईपुर में रहने की जगह मिल जाए तो सुविधा होगी। इसीलिए आपके मित्र के बारे में पूछताछ की थी।"

"मेरा दोस्त डैम ग्लैड होगा। और आप जा रहे हैं, यह सुनकर तो फिर कहना ही क्या ! वे आपके बहुत बड़े भक्त हैं।"

"और किसके-किसके भक्त हैं, इसका पता लगा लूं।"

लालमोहन बाबू ने इस मज़ाक-भरे सवाल को भी गंभीर रूप में लिया और बोले, "किसी जमाने में जगदीश बोस का नाम लेते हुए सुना था। कहते थे, इतने बड़े मनीषी दुनिया में कोई दूसरे व्यक्ति नहीं हैं। और गौरव बाबू से शायद बचपन में कुश्ती की तालीम ली थी। और···"

"और इतना ही काफी है।"

गोसांईपुर जाने के लिए काटोया जंक्शन पर उतरकर बस पकड़नी पड़ती है। काटोया से सात मील की दूरी है। इसका मतलब यह कि

ज्यादा-से-ज्यादा आधा घंटा। श्यामलाल के पुत्र जीवनलाल को फेलूदा ने लिख दिया था कि हम जा रहे हैं और गोसांईपुर में ही हमारे ठहरने का इन्तजाम हो चुका है। इधर जटायु की चिट्ठी मिलते ही तुलसी बाबू ने जवाब भेजा। वे सिर्फ खुश ही नहीं हुए हैं, बल्कि लिखा है : 'गोसांईपुर साहित्य संघ' फेलूदा और लालमोहन बाबू का सम्मिलित तौर पर स्वागत करने के लिए एक आयोजन करना चाहता है। लालमोहन बाबू को कोई आपत्ति नहीं थी लेकिन इसका पता चलते ही फेलूदा ने गुस्से में आकर कहा, "देश में क्राइम बन्द हो जाए तो जासूस की रोजी-रोटी नहीं चल सकती। किस हालत में काम कर रहा हूं, यह समझ रहे हैं ? इसमें मेरे स्वागत की बात कहां से आती है, साहब ? और कह दीजिए कि मेरा परिचय मेहरबानी कर छिपाकर रखें वरना छान-बीन का काम चौपट हो जाएगा।"

लालमोहन बाबू को बाध्य होकर आदेश का पालन करना पड़ा। पर हां, यह भी लिख दिया कि उनका यदि स्वागत-सम्मान किया जाए तो उन्हें कोई एतराज नहीं है। शायद इस आयोजन की बात सोचकर ही उन्होंने सूती चिकेन का एक काम किया हुआ मलमल का कुरता भी अपने साथ ले लिया।

तुलसी बाबू ने सूचित कर दिया था कि गोसांईपुर गांव के मुहाने पर योगेश पंसारी की दुकान में वे हम लोगों के इन्तजार में रहेंगे। वहां से पैदल जाया जाए तो उनके घर दस मिनट में पहुंचा जा सकता है।

काटोया से बस पकड़कर गोसांईपुर जाने के रास्ते में एक पालकी पर नजर पड़ी तो आश्चर्य हुआ। फेलूदा और लालमोहन बाबू भी गर्दन घुमाकर कुछ देर तक पालकी की ओर देखते रहे। "किस शताब्दी में हम पहुंच गए साहब," लालमोहन बाबू ने कहा, "गोसांईपुर में बिजली पहुंच चुकी है या नहीं ? मेरी ऐसी धारणा नहीं थी कि इतना घनघोर देहात है।"

बस के कंडक्टर को योगेश की दुकान का नाम मालूम था। उसे हमने कहकर रख दिया था। निश्चित स्थान में पहुंचने पर उसने दो बार 'गोसांईपुर-गोसांईपुर' कहकर जोरों से आवाज लगाई और बस खड़ी कर

हमें नीचे उतार दिया। जो सज्जन लालमोहन बाबू की ओर हंसते हुए आए' वे किसी जमाने में स्कूलमास्टर रह चुके हैं, यह कहना न होगा। उनके हाथ में पैबन्द लगा छाता है, पैरों में भूरे रंग के केड्स जूते, आंखों पर चश्मा, पहनावा हाफ कमीज और छोटे पनहे की धोती और बगल में बाबा आदम के जमाने की एक नेशनल ज्युऑग्राफिक मैगजीन। फेलूदा से जान-पहचान कराने पर वे हंसकर और आंख दबाकर बोले, "आपके आदेश का पालन किया है—चिन्ता की कोई बात नहीं। आप सैलानी हैं, पूरी जिन्दगी कनाडा में बिताई है, मुल्क लौटने के बाद देहात देखने का शौक पैदा हुआ है। सोचा, आप यदि छान-बीन के सिलसिले में आए हों तो इसके लिए आपको यहां-वहां टोह लगाना पड़ेगा, इसलिए 'सेफसाइड' में ही रहना चाहिए। सैलानियों में कौतूहल की मात्रा अधिक होती है, यह सबको मालूम है।"

"आपके पास कनाडा के संबंध में तथ्यपूर्ण पुस्तक है ?" फेलूदा ने हंसकर कहा।

"चिन्ता की बात नहीं," तुलसी बाबू बोले। उसके बाद लालमोहन बाबू की ओर मुड़कर बोले, "गांगुली भैया, तुम्हें एक कष्ट दे रहा हूं, तरसों यानी शुक्रवार को न्यू प्राइमरी स्कूल में एक समारोह आयोजित किया गया है। सुरेश चाकलादार वकील अध्यक्षता करेंगे। ज्यादा कुछ नहीं—बस, एक नाच, दो कविता-पाठ, दो भाषण रहेंगे। हमारे पोस्ट-मास्टर हरिहर का लड़का बलदेव बढ़िया चित्र बनाता है, वह मान-पत्र लिख रहा है। भाषा अलबत्ता, हें हें, मेरी है।"

"अलंकारों की अधिकता"···कच्ची सड़क पर किसी चीज से ठोकर लग जाने के कारण लालमोहन बाबू वाक्य पूरा नहीं कर सके। मगर बाकी अंश तुलसी बाबू के समझ में आ गया और वे बोले, "इन सब मामलों में कुछ-न-कुछ अधिकता रहेगी ही। फिर तुम्हारे जैसे सफल कितने लेखक यहां आए हैं ? सबसे अन्त में परीक्षित चाटुर्ज्या आए थे—वह भी सिक्सटी सेवेन में।"

फेलूदा ने कहा, "आते समय रास्ते में एक पालकी पर नजर पड़ी। इस इलाके में अब भी पालकी का उपयोग होता है क्या ?"

"सिर्फ पालकी ही ?" तुलसी बाबू ने छाते की छड़ से एक बछड़े को रास्ते से हटाते हुए कहा, "आप बीते दिनों की कौन-कौन-सी चीज चाहते हैं ? प्यादा-सिपाही ? मिल जाएंगे। चिलमची ? मिल जाएगी। हाथ से खींचने वाला पंखा ? मिल जाएगा। ढिबरी-मिट्टी का दीया-दीवट ? मिल जाएंगे।"

"मगर यहां तो बिजली दीख रही है।"

"बिजली सब जगह है, मगर वहीं नहीं है जहां सबसे अधिक रहनी चाहिए थी।"

"कहां जनाब ?" लालमोहन बाबू ने पूछा।

"मल्लिक लोगों के घर में।"

हम तीनों व्यक्तियों ने आश्चर्य में आकर उनकी ओर देखा।

"आपका मतलब श्यामलाल मल्लिक से है ?" फेलूदा ने पूछा।

"गोसांईपुर में एक ही मल्लिक-परिवार है। वे लोग यहां के जमींदार थे। दुर्लभ मल्लिक के नाम से शेर और बकरी एक ही घाट में पानी पीते थे। श्यामलाल उनका लड़का है। जमींदारी-उन्मूलन के बाद कलकत्ता जाकर प्लास्टिक का कारोबार कर बहुत पैसा कमाया था। एक दिन अंधेरे में टटोलते हुए कमरे का स्विच दबाने गया था, स्विचबोर्ड में एक खुला हुआ तार था, हाथ से लग गया। ए० सी०करेण्ट से हाथ लग जाना सनसनीखेज घटना होती है। काफी दिनों तक अस्पताल में रहना पड़ा। अस्पताल से निकलने के बाद कारोबार लड़के के हाथ सुपुर्द कर गोसांई-पुर चला आया। आते ही एलेक्ट्रिक कनेक्शन काट दिया। सिर्फ इतना ही होता तो कोई बात थी। उसके साथ ही बीसवीं सदी की तमाम चीजों को तिलांजलि दे दी। चुरुट छोड़कर गुड़गुड़ी की शरण में पहुंच गया, फाउण्टेन पेन उपयोग में नहीं लाता है और टूथ ब्रश की जगह दातुन का उपयोग करने लगा। घर पर जितनी भी अंग्रेजी की पुस्तकें थीं, बेच डाली हैं; अपनी गाड़ी बेच दी और उसकी जगह पालकी का इस्तेमाल करने लगा। एक टूटी हुई पालकी घर में ही थी, उसे ठीक करा लिया है और उसके लिए चार कहारों की नियुक्ति की गई है। जितनी भी विलायती दवाएं थीं, उन्हें नाली में फेंक दिया, अब सिर्फ आयुर्वेदिक

दवाओं का इस्तेमाल करता है। तारक वैद्य को लाभ हो रहा है। और भी कितना क्या-क्या किया है, उसकी कोई गिनती नहीं। आप यहां आए हैं तो जान-पहचान अवश्य ही हो जाएगी, उस वक्त सारी बातों की जानकारी प्राप्त होगी।"

"जान-पहचान करने के सिवा कोई दूसरा चारा नहीं है। उसके लड़के के आग्रह पर आया हूं।"

"हां, कुछ दिन हुए, उसका लड़का यहां आया है। मगर रहस्य क्या है ?"

"श्यामलाल की हत्या करने की कोशिशें चल रही हैं, ऐसी कोई खबर आप लोगों ने सुनी है ?"

तुलसी बाबू को यह सुनकर आश्चर्य हुआ, "ऐसा कुछ सुनने को नहीं मिला है। और अगर हत्या की बात कहें तो बाहर के आदमी की क्या जरूरत है ? घर में ही वैसा आदमी है।"

"सो कैसे ?"

"जिसने आपसे आग्रह कहा है, बाप से उसका मनोमालिन्य चल रहा है। यहां आते ही झगड़े की शुरुआत हो जाती है। मैं इसके लिए जीवनलाल को दोषी नहीं ठहराऊंगा। जिस बाप का विचार इतना ऊटपटांग हो, उसका कौन सम्मान करेगा ? आने पर जीवनलाल को उसी मकान में रहना पड़ता है। उस भुतहा मकान में दिमाग ठीक रखना मुश्किल है।"

" एक बीघे के रकबे में तुलसी बाबू का पक्का मकान है। उम्र लगभग एक सौ वर्ष। बाप और दादा दोनों मुख्तारी करते थे, मकान दादा ने ही बनवाया था। तुलसी बाबू की पत्नी का देहान्त कलकत्ता में ही हुआ था। एक ही लड़की है, जो शादी-शुदा है और उसका पति आजिमगंज में लोहा-लक्कड़ का व्यवसाय करता है। दो लड़कों में से एक साइन-पेंटिंग का कलकत्ता में कारोबार करता है और दूसरा दवा का सेल्समैन है। यहां तुलसी बाबू अकेले रहते हैं।

" तब बात यह है कि गांव में रहने के कारण अकेलापन महसूस नहीं होता। यहां लोग एक-दूसरे की खोज-खबर लेते रहते हैं, मिलना-जुलना लगा रहता है।"

तीसरे पहर चार बजे हम तुलसी बाबू के घर पर पहुंचे और मुंह-हाथ धोकर चाय के दौर में शरीक हो गए। फेलूदा अपने साथ अच्छी चाय ले आया था, क्योंकि इस मामले में वह बहुत ही सावधान रहता है। इतना जरूर है कि सभीने वही चाय पी और उसके साथ चिउड़ा और नारियल का दौर चला। तुलसी बाबू के नौकर गंगा ने सारा इन्तजाम किया।

पहली मंजिल की दो कोठरियों में से एक में तुलसी बाबू रहते हैं, दूसरी मंजिल में एक बड़ा कमरा है जिसमें तीनप लंग बिछाकर हम लोगों के लिए इन्तजाम किया गया है। सुना, तुलसी बाबू के लड़की-दामाद साल में एक बार बाल-बच्चों के साथ आते हैं और इसी कमरे में ठहरते हैं।

फेलूदा ने चाय पीते हुए कहा, "मुझे एक बार उस बिजलीहीन घर में जीवन बाबू से मिलने के लिए जाना है। उन्हें सूचित कर दिया है कि साढ़े पांच बजे पहुंचूंगा।"

तुलसी बाबू बोले, "ठीक तो है, मैं पहुंचा दूंगा। मल्लिक-भवन यहां से पांच-सात मिनट का रास्ता है। तब हां, गांगुली भैया को मैं जाने नहीं दूंगा। आज शाम के वक्त कुछ आदमी मेरे घर पर आएंगे। वे लोग साहित्यकार से बातचीत करना चाहते हैं। मित्तिरजी, आप एकाध घण्टे में ही लौट आएंगे तो ?"

"क्यों ?"

"आपको एक बार आत्माराम बाबू के यहां ले जाना चाहता हूं। वे गोसांईपुर के एक आकर्षण हैं।"

"आत्माराम बाबू ?"

"असली नाम अवश्य ही मृगांक भट्टाचार्य है। आत्मा के सम्बन्ध में चर्चा करते रहते हैं, इसीलिए यहां के कुछ लोगों ने आत्माराम नाम रख दिया है। पर हां, मैंने नहीं रखा है। मेरी धारणा है, उनमें सचमुच ही कुछ शक्ति है।"

आत्मा के सम्बन्ध में क्या चर्चा करते हैं, यह बात पूछ नहीं सका। क्योंकि ठीक उसी समय पालकी दीख पड़ी। हम बाहरी ओसारे पर बैठकर चाय के साथ चिउड़ा खा रहे थे। हमारे सामने की ओर से उसी रास्ते से पालकी आ रही थी। अबकी देखा, अन्दर एक आदमी बैठा हुआ है।"

"अरे, लग रहा है, पालकी में जीवन बाबू ही बैठे हैं !" तुलसी बाबू ने कहा। अन्दर जो सज्जन बैठे थे, वे पालकी के दरवाजे से बाहर झांक रहे थे। कहारों की जमात, कहानी में जिस त रह पढ़ने को मिलता है, ठीक उसी तरह 'हुम-हम' आवाज करती हुई जा रही थी। तभी आवाज के साथ-साथ पालकी भी रुक गई।

पालकी जैसे ही जमीन पर रखी गई, उसके अन्दर से एक पैंतीस साल के एक सज्जन बहुत तकलीफ के साथ बाहर निकले और तकलीफ के साथ ही खड़े हुए। सब कुछ बेमानी जैसा लग रहा था, क्योंकि उस सज्जन का चेहरा स्मार्ट कलकत्तिया था, बदन पर बुशशर्ट और टेरेलिन की पेंट।

"मिस्टर मित्तर ?" फेलूदा की ओर बढ़कर मुस्कराते हुए उन्होंने पूछा।

"जी हां।"

"मेरा नाम है जीवनलाल मल्लिक।"

"समझ गया। आप हैं मेरे मित्र मिस्टर गांगुली और वह रहा मेरा चचेरा भाई तपेश। तुलसी बाबू से आप संभवतः परिचित होंगे।"

जीवन बाबू पालकी को विदा कर बोले, "मेरे घर का पैदल रास्ता पांच मिनट का है। चलिएगा ? आपने चाय पी ली है ? आपसे जरा बातचीत करनी थी।"

लालमोहन बाबू वहीं रह गए, फेलूदा और मैं उस सज्जन के साथ मल्लिक-भवन की ओर चल पड़े। रास्ता छोड़कर जब हम एक बंसवारी में गए तो समझ गया,यह शॉर्टकट रास्ता है। जीवन बाबू बोले, "कलकत्ता फोन करना था, इसीलिए स्टेशन जाना पड़ा।"

"लगता है, पालकी के अलावा दूसरा कोई विकल्प नहीं है।"

जीवन बाबू ने फेलूदा की ओर तिरछी निगाहों से ताकते हुए कहा, "समझ गया, आपसे तुलसी बाबू ने कहा होगा।"

"हां, बता रहे थे, यह इलेक्ट्रिक शॉक का नतीजा है।"

"नतीजा शुरू में इतना भयावह नहीं था, आक्रोश था सिर्फ इलेक्ट्रिक पर। अब क्या स्थिति हो गई है, मेरे घर जाने पर ही देखने को मिलेगी।"

"आप यहां अकसर आते रहते हैं ?"

"दो महीने में एक बार। हम लोगों का जो कारोबार है, उसकी देख-रेख मुझे ही करनी पड़ती है। उसीके संबंध में बातचीत करने आता हूं।"

"आपके पिताजी में कारोबार के प्रति अब भी रुचि है ?"

"बिलकुल नहीं। मगर मैं ऐसा नहीं चाहता। मैं जी-जान से इस बात की कोशिश कर रहा हूं कि वे फिर स्वाभाविक स्थिति में आ जाएं।"

"कोई उम्मीद दीख रही है ?"

"अब तक तो नहीं।"

२

मल्लिक-भवन बहुत पुराना है, यह हमें बताने की जरूरत नहीं पड़ी। पर हां, मरम्मत करते रहने के कारण इसे खंडहर नहीं कहा जा सकता। प्रासाद न भी हो, पर अट्टालिका तो अवश्य ही कहा जाएगा। फाटक से घुसते ही दाहिनी ओर एक तालाब है, मकान के दोनों छोर के खुले स्थानों से पीछे के पेड़-पौधे दीखते हैं और इसीलिए लगता है कि उस तरफ बगीचा होगा। दीवार की मरम्मत नहीं कराई गई है, इसलिए उसमें जहां-तहां दरार पड़ गई है। कई जगह दीवार टूट भी गई है।

फाटक पर एक दरबान दिखाई पड़ा, जिसके हाथ में फरसा और ढाल देखकर लगा, किसी ऐतिहासिक नाटक में उतरने के लिए प्रस्तुत है। सदर दरवाजे के पास ही ठीक उसी तरह के हास्यकर वर्दीधारी एक प्यादे ने जीवन बाबू पर नजर पड़ते ही एक लंबी सलामी ठोंकी। इस निस्तब्ध वातावरण में भी यह सब अविश्वसनीय कांड देखकर हंसी आ रही थी।

हम लोग एकमंजिले की बैठक में ही कालीन पर बैठ गए। कमरे में कुर्सी नहीं है। दीवार पर जितनी भी तसवीरें हैं, वे या तो देवी-देवताओं की हैं या फिर पौराणिक घटनाओं की। दीवार की अलमारी के एक खाने में दसेक बंगला किताबें दिखाई पड़ीं, बाकी खाने खाली थे।

"आपको पंखे की जरूरत पड़ेगी? अगर पड़े तो फिर दाशू को मुकर्रर कर दूंगा।"

अब तक गौर नहीं किया था, अब देखा, सिर के ऊपर झालरदार दोहरी चटाई लकड़ी के डंडे से लगी है और डंडा छत की दो कड़ियों से लटका हुआ है। डंडे से एक डोरी निकलकर बाईं तरफ के दरवाजे से

होती हुई दीवार के छेद से बरामदे में चली गई है। यह हुआ हाथ से खींचनेवाला पंखा, जो बरामदे में से खींचा जाता है और कमरे में हवा आती है। अक्तूबर का महीना है, शाम उतरने-उतरने पर है, इसलिए गर्मी नहीं है। पंखे की जरूरत नहीं पड़ी।

"जानते हैं, यह कौन-सी चीज है ?"

जीवन बाबू ने अलमारी खोलकर उससे अंगोछानुमा एक चौकोर कपड़ा निकाला और फेलूदा को दिखाया। इसकी विशेषता यही है कि इसके एक कोने की गांठ में पत्थर का एक टुकड़ा बंधा है।

अंगोछे को हाथ में लेते ही फेलूदा की पेशानी पर बल पड़ गए। उसने पत्थर की विपरीत दिशा के कोने को हाथ में ले अंगोछे को कई बार शून्य में घुमाया और कहा, "तपेश, उठकर खड़े हो जाओ तो।"

मैं खड़ा हो गया और मेरे साथ-साथ फेलूदा भी मुझसे तीनेक हाथ दूरी पर खड़ा हो गया। उसके बाद अंगोछे को घुमाकर उसे हाथ में थामे ही, जाल फेंकने की तरह, मेरी ओर फेंक दिया और तत्क्षण पत्थरवाला हिस्सा मेरे गले से लिपट गया।

"ठगी !" मैंने कहा।

फेलूदा ने ही मुझे बताया था कि किसी जमाने में हम लोगों के देश में ठग लोग किस तरह डाकेजनी करते थे। वे लोग ठीक इसी तरह राहगीरों के गले में फांसी लगाकर झटका देते थे और उनकी हत्या कर सब कुछ लूट लेते थे।

फेलूदा ने अंगोछा पकड़कर झटका नहीं लगाया था। तत्क्षण फांसी खोलकर कालीन पर बैठकर बोला, "यह चीज आपको कहां मिली ?"

"आधी रात के वक्त पिताजी के कमरे की खिड़की से किसीने फेंका था।"

"कब ?"

"मेरे आने के कुछ दिन पहले।"

"इतनी पहरेदारी के बावजूद ऐसा क्यों होता है ?"

"पहरेदारी ?" जीवन बाबू हंस पड़े। "पहरेदारी तो महज वर्दियों की नुमाइश है, साहब ! जितने आदमी हैं, सबके सब गंवई भूत हैं, कूड़ा-

खाना। वे भी समझ गए हैं कि बाबू सठिया गए हैं। बस, नाम के लिए वे काम करते हैं। खैरियत यही है कि घर में डकैती नहीं हुई है, वरना समझ में आ जाता कि कौन कितने काम का है।"

"क्या यह जान सकता हूं कि इस घर में और कौन-कौन रहते हैं?"

"पिताजी के अतिरिक्त मेरी विधवा दादी रहती हैं। वे चूंकि पुराने जमाने की औरत हैं, इसलिए मजे में हैं। इसके अलावा भोलानाथ बाबू रहते हैं। इन्हें आप बाजार-मुनीम कह सकते हैं—पिताजी का आदेश-पालन, देख-रेख वगैरह वही करते हैं। पिताजी बीमार पड़ते हैं तो वैद्य को बुलाना पड़ता है और यह काम भी वही करते हैं। किसी काम के लिए शहर जाना पड़ता है तो वे हीं जाते हैं। बस— इन लोगों के अलावा और कोई नहीं रहता है। नौकर जरूर हैं। एक आदमी रसोई पकाने के लिए, दो दरबान, एक नौकर—ये लोग घर पर रहते हैं। पालकी के कहार और पंखा खींचने वाले निकट के गांव से चले आते हैं।"

"भोलानाथ बाबू कहां के हैं और कितने दिनों से यहां हैं?"

"वे इसी गांव के आदमी हैं। हम लोगों की रैयत थे। उनके पिता और दादा खेती करते थे। भोला बाबू ने स्कूल में शिक्षा पाई है, बहुत ही तेज विद्यार्थी थे। अभी उनकी उम्र लगभग साठ साल होगी।"

"वे क्या आपके दादा थे?"

फेलूदा ने दीवार की एक तसवीर की ओर इंगित करते हुए पूछा। लंबी-लंबी पकी मूंछें लिए एक जमींदार बायां हाथ संगमरमर की मेज पर रखे और दाहिने हाथ में चांदी से मढ़ी छड़ी संभाले कुर्सी पर बैठे हैं। देखने से ही लगता है कि बड़े ही रौबीले रहे होंगे।

"हां, वे ही हैं दुर्लभ मल्लिक।"

"जिनके नाम से शेर और बकरी एक घाट में पानी पीते थे?"

जीवन बाबू हंस पड़े।

"शेर भले ही किसी जमाने में रहा हो मगर दादाजी के जमाने में नहीं था; पर हां, नामी जमींदार अवश्य ही थे। और बेहद अत्याचारी।"

एक नौकर ट्रे में एक प्याली चाय और दो गिलासों में कोई चीज लिए वहां आया।

"लगता है, चाय के चलन पर आपके पिताजी ने प्रतिबंध नहीं लगा दिया है।"

"लगा तो दिया ही है। यह चाय नहीं, कॉफी है। अपने लिए एक प्याली और नेसकैफ मैं अपने साथ ही लिए आता हूं। सुबह-शाम पहली मंजिल में बैठकर पीता हूं। इसीलिए आप लोगों के लिए गिलास मंगवाया है, अन्यथा नहीं लीजिएगा।"

"अन्यथा क्यों लूंगा ? यह तो निखालिस मद्रासी सिस्टम है। 'कोमला विलास' में इसी तरह कांसे के बरतन में कॉफी पी थी।"

दूसरी मंजिल से खट-खट जैसी आवाज आ रही थी। वह किस चीज की आवाज है, इसका पता फेलूदा के सवाल से चला।

"लगता है, आपके पिताजी खड़ाऊं का इस्तेमाल करते हैं ?"

जीवन बाबू ने मुस्कराकर कहा, "यह स्वाभाविक नहीं है क्या ?"

"इस ठगी के अंगोछे के अलावा आपको किस चीज से पता चला कि आपके पिताजी की जिन्दगी खतरे में है ?"

जीवन बाबू ने अपनी जेब से एक कागज निकालकर फेलूदा को दिया। उसमें पेंसिल से बड़े-बड़े अक्षरों में लिखा है :

'तुम्हारे पूर्वपुरुषों के पाप के प्रायश्चित्त के निमित्त तुम्हारी हत्या का आदेश दिया गया है। अतः तैयार रहो।'

"यह पत्र पांच अक्तूबर को आया है, मेरे आने के एक दिन पूर्व। काटोया से पोस्ट किया गया था। यहां से कोई भी जाकर डाल आ सकता है।"

"अन्यथा मत लीजिएगा—पूर्वपुरुषों ने क्या पाप किया था, इसपर आप प्रकाश डालते तो मुझे सुविधा होती।"

"आप समझ तो रहे ही होंगे," जीवन बाबू ने कहा, "किसी जमींदार-वंश के इतिहास में अन्याय की कितनी तरह की मिसालें रह सकती हैं। किस पाप के संबंध में कह रहा है, यह कैसे बता सकता हूं। मेरे दादा दुर्लभ मल्लिक ने ही रैयतों पर कितना जुल्म ढाया होगा !"

"पत्र मिला तो आपने पुलिस को सूचित क्यों नहीं किया ?"

"इसके दो कारण हैं," जीवन बाबू ने कुछ सोचकर कहा, "एक, यहां

आपको कोई पहचान नहीं पाएगा, इसलिए जिस आदमी ने धमकी दी है, वह सावधान नहीं हो पाएगा। दूसरे, पुलिस आएगी तो उसे पहले-पहल मुझपर सन्देह होगा।"

हम दोनों ने जिज्ञासापूर्ण दृष्टि से उनकी ओर देखा। जीवन बाबू कहने लगे, "पिताजी में जब से यह अजीब परिवर्तन आया है, मुझसे पटती नहीं है। हम शहरी आदमी ठहरे, विधान के अवदानों को इतनी आसानी से वर्जित नहीं कर सकते। यह सही है कि इलेक्ट्रिक शॉक के साथ ही बाबूजी को बेहद मानसिक आघात भी लगा था। यह घटना पांच वर्ष पहले घटी है। बाबूजी और मैं दफ्तर से लौटकर एक ही साथ बैठक के अन्दर गए। अंधेरे में बत्ती जलाने के लिए जाने पर स्विचबोर्ड में बाहर निकले एक तार में बाबूजी का हाथ अटक गया। मेन स्विच बाहर था, मैं दौड़ता हुआ गया और पांच सेकेंड के दरमियान ही ऑफ कर दिया। फिर भी पता नहीं क्यों, पिताजी के मन में यह धारणा बैठ गई कि यह काम मैं और भी जल्दी कर सकता था। बस, उसी समय से। बहरहाल यहां आते ही वाक्‌युद्ध छिड़ जाता है। एक बार तो गुस्से में आकर जलती हुई किरासन तेल की बत्ती फेंक दी। उससे कालीन में आग लग गई और सनसनी फैल गई। गांव में खबर फैल गई। उसके बाद सब आदमी समझने लगे कि श्यामलाल मल्लिक और उनके लड़के में सांप और नेवले का रिश्ता है। अब समझ गए होंगे कि पुलिस को क्यों नहीं बुलाया। आपको बुलाने का कारण आपकी ख्याति है। मुझे विश्वास है, एक आधुनिक शहरी आदमी समस्या को और भी अच्छी तरह समझेगा।"

नेसकैफ खत्म होने के पहले ही कमरे में लैंप पहुंच चुका था। ऊपर का भी खट-खट शब्द बन्द हो गया है। जीवन बाबू ने कहा, "आप पिताजी से मिलना चाहते हैं ?"

"मिलना अच्छा रहता।"

हम लोग कालीन छोड़कर खड़े हो गए।

दो-चार लैंप-लालटेन जलने से इतने बड़े मकान का ज्यादातर हिस्सा अंधेरा ही रह जाए तो इसमें आश्चर्य की कौन-सी बात है ? सीढ़ियां चढ़ने के वक्त जीवन बाबू ने अपनी जेब से छोटा-सा एक टार्च निकाल-

कर जलाया और कहा, "इसे भी छिपाकर ही लाया हूं।"

श्यामलाल मल्लिक अपने कमरे में तकिये पर पीठ टिकाए कालीन पर बैठे हैं और गुड़गुड़ी का नैचा उनके हाथ में थमा है। जीवन बाबू और नीचे की तसवीर के दुर्लभ बाबू से इनका चेहरा मिलता-जुलता है। अगर इनके चेहरे पर दुर्लभ बाबू की मूंछें बिठा दी जाएं तो ये भी रौबदार लगने लगे। इस हालत में उन्हें देखकर डर नहीं लगता, हालांकि बातचीत करने पर इनकी गंभीर आवाज से महसूस होता है कि गुस्से में आ जाएं तो भयंकर हो सकते हैं।

"आप अभी चले जाएं," श्यामलाल बाबू ने गंभीर आवाज में कहा। जिनसे यह बात कही गई, वे कालीन के एक कोने में बैठे थे। जीवन बाबू ने वैद्य तारक चकवर्ती कहकर उनका परिचय दिया। दुबला-पतला चेहरा है, घनी भौंहों के नीचे मोटे कांच का चश्मा, नाक के नीचे लंबी मूंछें। तारक चक्रवर्ती नमस्कार कर कमरे से चले गए।

"जासूस से क्या कराया जाएगा ?" श्यामलाल मल्लिक ने फेलूदा का परिचय पाकर ऊब्र के साथ पूछा।" इस साजिश का पता जासूस को नहीं चल सकता। मेरा शत्रु मेरे घर में ही है, यह बात दुर्लभ मल्लिक की आत्मा मुझे बता गई है। यह बात मेरे पास कागज में लिखी हुई है। आत्मा तीनों काल की बात जानती है। जीता-जागता आदमी साहबी किताब पढ़कर इससे ज्यादा कैसे जान सकता है ?"

देखा, जीवन बाबू उनकी बात सुनकर सकते में आ गए। समझ गया कि इस घटना के बारे में उन्हें कोई जानकारी नहीं है।

"आप क्या मृगांक भट्टाचार्य के घर पर गए थे?"

"मैं क्यों जाने लगा ? वही आया था। मैंने उसे बुला भेजा था। मुझे इस तरह कौन परेशान कर रहा है, इसका पता लगाना था। अब पता लग चुका है।"

जीवन बाबू ने गंभीरता के साथ पूछा, "मृगांक बाबू कब आए थे ?"

"तुम्हारे आने के एक दिन पहले।"

"आपने तो मुझे बताया नहीं।"

श्यामलाल बाबू ने कोई जवाब नहीं दिया। वे बात करते हुए बीच-

बीच में गुड़गुड़ी से कश ले रहे थे। फेलूदा ने कहा, "दुर्लभ मल्लिक की आत्मा क्या लिख गई है, इसे क्या देख सकता हूं ?"

श्यामलाल बाबू ने गुड़गुड़ी के नैचे को हटाकर लाल-लाल आंखों से फेलूदा की ओर देखा।

"तुम्हारी उम्र कितनी है ?"

फेलूदा ने अपनी उम्र बताई।

"इस उम्र में इतनी स्पर्धा ! उस लिखावट के आध्यात्मिक मूल्य के बारे में तुम्हें कोई जानकारी है ? वह क्या जिसको-तिसको दिखाने योग्य वस्तु है ?"

"क्षमा करें," फेलूदा ने शान्ति के साथ कहा, "मैं सिर्फ यही जानना चाहता था कि इस खतरे से बचने का कोई उपाय आपके पिताजी ने लिखा है या नहीं ?"

"इसके लिए कागज देखने की जरूरत ही क्या है ? मुझसे पूछने से ही काम चल जाएगा। बचाव का एक ही उपाय है और वह यह कि शत्रु को यहां से हटा दो।"

कुछ क्षणों तक सभी चुप्पी साधे रहे। उसके बाद दृढ़ता के साथ जीवनलाल ने कहा, "फिर आप मुझे चले जाने को कह रहे हैं ?"

"मैंने किसी दिन तुम्हें आने को कहा था ?"

जीवन बाबू छोड़ने वाले जीव नहीं थे। बोले, "बाबूजी, आप मुझसे अधिक भोलानाथ बाबू पर आस्था रखते हैं। लगता है, आप उनका पारिवारिक इतिहास भूल चुके हैं। भोलानाथ के पिताजी ने मालगुजारी देने में देर की थी और इसीलिए दुर्लभ मल्लिक के कर्मचारियों ने उनके घर में आग लगा दी थी। और···"

"बेवकूफ !" मल्लिक महोदय ने दांत पीसते हुए कहा, "भोलानाथ तब बच्चा था। उस घटना के साठ साल बाद वह मेरी हत्या कर बदला चुकाएगा ? यह बात सुनेंगे तो लोग हंसेंगे। तुममें इतनी भी समझ नहीं है ?"

हम अब वहां बैठे नहीं रहे। "चलिए, आप लोगों को पहुंचा आऊं" जीवन बाबू ने बाहर निकलकर कहा, "आप लोग शॉर्टकट पहचानकर

लौट जाएंगे न ?"

फाटक से बाहर निकलने के बाद जीवन बाबू ने कहा, "बुलाकर मैं आपको झमेले में फंसाना नहीं चाहता था। आपको जो अपमान सहना पड़ा, इसके लिए मैं हृदय से लज्जित हूं।"

"इन मामलों में जासूसों को लज्जा-बोध नहीं होता है,जीवन बाबू!" फेलू दा ने कहा, "यहां आकर मुझे जरा भी अफसोस नहीं हो रहा है। इसके बारे में आप चिन्ता मत करें। मुझे सिर्फ आपके बारे में ही चिन्ता हो रही है। आपको एक बात समझनी चाहिए। धमकी-भरी चिट्ठी पढ़कर उन्हें भोलानाथ बाबू की बात याद आ रही है इसलिए आपपर अधिक संदेह हो रहा है।"

"मगर जब अंगोछा और चिट्ठी आई, उस समय तो मैं कलकता में था, मिस्टर मित्तिर !"

फेलूदा ने हलकी हंसी हंसकर कहा, "आपका गोसांईपुर में कोई अनुचर नहीं है, यह क्योंकर जानूंगा, जीवन बाबू ?"

"आप भी मुझपर सन्देह कर रहे हैं ?" जीवन बाबू ने बुझे और भर्राए स्वर में पूछा।

"अभी मैं किसीपर भी सन्देह नहीं कर रहा हूं और न ही किसीको निर्दोष समझ रहा हूं। पर हां, मैं आपसे एक बात पूछना चाहता हूं। भोलानाथ बाबू किस तरह के आदमी हैं ?"

जीवन बाबू एक क्षण चुप्पी साधे रहे, उसके बाद बोले, "अत्यन्त विश्वसनीय। इसे स्वीकार करने के सिवा दूसरा कोई चारा नहीं। लेकिन ऐसा होने से ही क्या मैं सन्देह की दृष्टि से देखा जाऊंगा ?" जीवन बाबू ने हताश होकर अन्तिम प्रश्न किया। फेलूदा बोला, "जीवन बाबू, अभी मुझे पूरे तौर से तटस्थ होकर सारी बात पर गौर करना है। इसके सिवा मेरे सामने दूसरा विकल्प नहीं है। और, आपको धीरज रखना होगा। इसके सिवा आपके सामने भी कोई दूसरा विकल्प नहीं है। अपराधी का बचाव करूं, इसका रास्ता मुझे मालूम नहीं। मगर जो निर्दोष है, उसकी मैं रक्षा करूंगा ही।"

जीवन बाबू इससे आश्वस्त हुए या नहीं, अंधेरे में उनका चेहरा न

देख पाने के कारण समझ में नहीं आया।

जहां बंसवारी समाप्त होती है, वहां फेलूदा ने जीवन बाबू से एक सवाल पूछा।

"आपके पिताजी तो खड़ाऊं का इस्तेमाल करते हैं। कभी वे नंगे पांवों भी घर के बाहर चहलकदमी करते हैं ?"

"घर के अन्दर ही नहीं करते तो घर के बाहर क्या करेंगे ! यह कोई नई बात नहीं है। हमेशा ऐसा करते आए हैं।"

"पैरों के नीचे मिट्टी दीख पड़ी, इसीलिए पूछ रहा हूं। एक बात और—वे मच्छरदानी का उपयोग नहीं करते ?"

"करते हैं। यहां हर कोई करता है। करना ही पड़ता है। बताइए, आपने ऐसा क्यों पूछा ?"

"लैंप की रोशनी में आपको संभवत: ठीक-ठीक समझ में नहीं आया। उनके पूरे शरीर पर मच्छरों के काटने के चिह्न हैं।"

"यह बात ?" समझ में आ गया कि जीवन बाबू ने इसपर ध्यान नहीं दिया था। सच कहने में हर्ज ही क्या, मैंने भी इसपर ध्यान नहीं दिया था।

"मगर पिताजी तो मच्छरदानी का इस्तेमाल करते हैं। मच्छरदानी कोई विलायती चीज नहीं है, उसमें आपत्ति करने की बात कहां आती है ?"

"फिर उसमें छेद है। जरा गौर कीजिएगा तो।"

३

तुलसी बाबू और जटायु हम लोगों का इन्तजार कर रहे थे। इतनी देर के बाद बिजली की रोशनी में आने पर जान-में-जान आई। लालमोहन बाबू बोले, "आप सोच सकते हैं, इस घनघोर देहात में लगभग बीस ऐसे व्यक्ति मिले जिन्होंने मेरी पचास प्रतिशत से अधिक पुस्तकें पढ़ी हैं! पर हां, ऐसी बात नहीं कि सबने खरीदकर पढ़ी हों, पैंसठ प्रतिशत व्यक्तियों ने लाइब्रेरी से लेकर पढ़ी हैं। जिन लोगों ने खरीदी हैं, वे हस्ताक्षर कराकर ले गए।"

तुलसी बाबू ने फेलूदा से कहा, "मैं आपके इन्तजार में ही बैठा हूं। एक बार चलकर आत्माराम के दर्शन कर लें। चमगादड़-काली कल देख लीजिएगा।"

"यह कौन-सी चीज है?"

"गोसांईपुर का एक दूसरा आकर्षण। आप लोग जिस बंसवारी से होकर आए, उसीमें दो सौ बरसों का एक पुराना टूटा-फूटा मंदिर है। मूर्ति नहीं है। बहुत दिनों से वहां चमगादड़ों ने अड्डा जमा लिया है। किसी जमाने में बहुत ही नामी मंदिर था।"

"अच्छी बात है, आपके यह आत्माराम बाबू इसी गांव के रहने वाले हैं?"

"नहीं, पर इतना जरूर है कि यहां बहुत दिनों से हैं। दो साल पहले उनमें इस शक्ति का उदय हुआ है। इसके अलावा ज्योतिष भी जानते हैं। कलकत्ता से आदमी आते हैं और हाथ दिखा जाते हैं।"

"पैसा लेते हैं?"

"लेते हैं। मगर यहां के किसी आदमी से कभी कुछ लिया हो, ऐसा सुनने में नहीं आया है। सोमवार और शुक्रवार को आत्मा बुलाते हैं।

आज सिर्फ एक बार दर्शन करा लाऊंगा।"

फेलूदा ने दर्शन करने के संबंध में किसी प्रकार की आपत्ति नहीं की। कारण स्पष्ट है। वह समझ गया है कि मृगाँक भट्टाचार्य अब छानबीन के दायरे में आ गया है। हम वहां से चल पड़े।

बाहर पेड़-पौधों की सन्धियों से कुछ मकानों में बिजली की रोशनी दीखने के बावजूद अंधेरे की गहरी परत जम गई है। चांद अब तक उगा नहीं है। झिल्ली, उल्लू और सियार—सब कुछ मिलकर लग रहा है कि यहां श्याम मल्लिक की पालकी और मिट्टी के तेल की लालटेन ही फबती है। लालमोहन बाबू ने कहा कि इससे बढ़कर रहस्यमय और रोमांचकारी माहौल उन्होंने नहीं देखा है। बोले, "जिस उपन्यास की शुरुआत की है, सोचा था, उसे कूड़ेदान में फेंक दूं, मगर अब देख रहा हूं, गोसांईपुर उपयुक्त जगह है।"

"ठगी की फांसी तो आपने देखी ही नहीं, वरना कहते कि रोमांच किसे कहते हैं।"

"वह कौन-सी चीज है, साहब ?"

फेलूदा ने संक्षेप में उस घटना के बारे में कहा। धमकी-भरे पत्र की भी चर्चा की। तुलसी बाबू ने राय जाहिर की, "मृगांक भट्टाचार्य ने आत्मा को बुलाकर इस तरह की बात कही हो कि मल्लिक-भवन में ही श्याम मल्लिक का शत्रु है तो इसे स्वीकार करना ही होगा। आपको सारे गांव की धूल छानने की कोई जरूरत नहीं।"

मैंने मन-ही-मन सोचा, तुलसी बाबू की भक्ति के पात्रों में से एक और व्यक्ति का पता चला और वे हैं मृगांक भट्टाचार्य।

मृगांक बाबू के घर में भी बिजली देखने को नहीं मिली। शायद धुंधलके में आत्मा आसानी से उतरती है, इसीलिए ऐसा किया गया है। उनका चेहरा आंखों को अपनी ओर आकृष्ट करने योग्य है। देखकर उम्र का पता लगाना मुश्किल है। पतले बाल हैं, पर अब भी पके नहीं हैं, हालांकि आंखों और थुथने के नीचे का चमड़ा सिकुड़ गया है। नाक, आंख, कपाल, होंठ, देह का रंग—सब कुछ काशी के टोल के पंडित जैसा है। यानी जिसे ब्रैण्डेड ब्राह्मण कहते हैं। पैरों की उंगलियों को देखकर

लगा, आजकल भले ही पैदल न चलते हों, मगर किसी जमाने में वे काफी-कुछ पैदल चल चुके हैं।

बिजली न रहने पर भी यहां मेज-कुर्सी की कोई कमी नहीं है। भट्टाचार्यजी स्वयं पलंग पर बैठे हैं, सामने तीन टीन की और एक लकड़ी की कुर्सी के अतिरिक्त दो बेंचें पड़ी हुई हैं। दाहिनी ओर की बेंच पर बैठा पचीसेक वर्ष का एक नौजवान एक पुराने पत्रे के पन्नों को उलट रहा है। बाद में पता चला कि वह मृगांक बाबू का भांजा नित्यानन्द है जो आत्मा बुलाने के संदर्भ में अपने मामा की सहायता करता है।

तुलसी बाबू ने झटपट भट्टाचार्यजी को प्रणाम किया और हमारी ओर इशारा करते हुए कहा, "ये लोग कलकत्ता से आए हैं। मेरे मित्र हैं। आपके पास ले आया हूं। गोसांईपुर को किसपर गर्व है, यह जानना क्या इनके लिए उचित नहीं ?"

मृगांक बाबू ने गर्दन उठाकर हमारी ओर देखा और कुर्सी की ओर इशारा किया। हम तीनों बैठ गए, तुलसी बाबू खड़े ही रहे।

मृगांक बाबू एकाएक पद्मासन में बैठ गए और आंख मूंदे तीनेक मिनट तक मौन रहे। उसके बाद उसी स्थिति में बोले, "संध्या-शशि-बन्धु आपमें से कौन है ?"

हम सभी खामोश हैं। फेलूदा की पेशानी पर बल पड़ गए। लालमोहन बाबू ने कहा, "जी, इस नाम का तो कोई···"

तुलसी बाबू ने होंठों पर उंगली रखकर उन्हें बोलने से रोका।

"प्रदोषचन्द्र मेरा नाम है," फेलूदा ने एकाएक कहा। बात तो सही है !—प्रदोष का अर्थ है संध्या, चन्द्र का अर्थ हुआ शशि और मित्र का बन्धु !

भट्टाचार्यजी ने आंख खोलकर फेलूदा की ओर गर्दन घुमाई। तुलसी बाबू चेहरे पर गर्व का भाव लेकर फेलूदा की ओर देखने लगे।

"समझे तुलसी चरण," भट्टाचार्य ने कहा। "कुछ दिनों के बाद आत्मा की कोई आवश्यकता नहीं रह जाएगी। मेरे अन्दर ही धीरे-धीरे त्रिकाल-दर्शन की शक्ति जग रही है, ऐसा मैं अनुभव कर रहा हूं। हां, और कुछेक बरसों की देर है।"

"उनका पेशा क्या है, बताइए तो सही !" तुलसी बाबू ने फेलूदा की ओर इशारा कर पूछा। इस बीच एक बाहरी आदमी अन्दर आ चुका है, उसके सामने फेलूदा का जासूस होना प्रकट हो जाए तो अच्छा न रहेगा।

"यह बात कहने की कोई जरूरत नहीं," फेलूदा ने कहा। तुलसी बाबू को भी अपनी असावधानी समझ में आ गई और दांत से जीभ काटते हुए उन्होंने संदर्भ बदल दिया, "शुक्रवार को इन्हें फिर आपके पास ले आऊंगा। आज सिर्फ दर्शन कराने के लिए ही ले आया था।"

मृगांक बाबू की आंखें फेलूदा की ओर हैं। वे हल्की-सी हंसी हंसकर बोले, "सूक्ष्म साल शस्य के काम से आप आए हैं, यह बात कहूं तो आपके अतिरिक्त किसीकी समझ में आएगी क्या ? आप बेवजह घबरा रहे हैं।"

उनसे विदा लेकर जब हम बाहर आए तो फेलूदा ने कहा, "चालाक आदमी है। ऐसे आदमी का प्रचार-प्रसार न होगा तो फिर किसका होगा ?"

"सूक्ष्म साल शस्य क्या चीज है, साहब ?" लालमोहन बाबू ने पूछा। "संध्या-शशि-बन्धु बहुत मुश्किल से समझ में आया, सो भी तब जब आपने अपना नाम बताया।"

"सूक्ष्म का अर्थ है अनु, साल—दंत्यस—यानी सन और शस्य का अर्थ हुआ धान। तीनों मिलकर···"

"अनुसंधान !" लालमोहन बाबू ने ताली बजाकर कहा, "वह न केवल गणना जानता है बल्कि पहेली भी बुझाता है। आश्चर्य है !"

कोई आदमी इस ओर आ रहा है—हाथ की लालटेन हिलने-डुलने की वजह से उसकी परछाईं रास्ते को बुहारती हुई आगे बढ़ रही है। तुलसी बाबू ने अपने हाथ के टार्च से उसके चेहरे पर रोशनी फेंककर कहा, "वहां भट्टाचार्यजी हैं ? बात क्या है ? बार-बार दर्शन हो रहे हैं ?"

भट्टाचार्यजी 'हें-हें' करते हुए हमारी बगल से निकल गए।

"भोलानाथ बाबू," तुलसी बाबू ने कहा, "भट्टाचार्यजी के हाल-हाल में भक्त बने हैं। बीच में एक दिन उनके घर पर जाकर किसीकी आत्मा को बुलाया था।"

रात के समय तुलसी बाबू के ओसारे पर बैठकर तीन तरह की तरकारियां, मूंग की दाल और अंडा खाकर हमने दावत का मजा लिया। तुलसी बाबू ने बताया, यहां के नलकूप के पानी से जोरों की भूख लगती है।

खान-पान समाप्त करने के बाद बाहरी ओसारे पर बैठकर तुलसी बाबू से उनकी मास्टरी की जिन्दगी की कहानी सुनकर जब दोमंजिले पर सोने के लिए आया तो घड़ी साढ़े नौ बजा रही थी, मगर लग रहा था, जैसे आधी रात हो चुकी हो। हम लोग मच्छरदानी-बिस्तर वगैरा लेकर आए थे। फेलूदा ने बताया, वह ऑडोमस लगाकर सोएगा और उसे मच्छरदानी की जरूरत नहीं है। मैंने गौर किया था कि डेढ़ घण्टे के दरमियान उसने सिर्फ एक बार गंगा की रसोई की प्रशंसा की थी और बाकी समय चुप्पी साधे बैठा रहा था। इतनी जल्दी भावों के बीच खोते उसे इसके पहले नहीं देखा था। लालमोहन बाबू ने बताया, उन्हें स्वागत-सत्कार के उत्तर में दिए जाने वाला अपना भाषण तैयार करके रखना है, इसलिए उन्होंने एक लालटेन की फरमाइश की है क्योंकि कमरे में बिजली की बत्ती जलाए रखने से हम लोगों की नींद में खलल पहुंचेगा।

बिस्तर पर लेटने के बाद मैं फेलूदा से एक सवाल किए बगैर चुप नहीं रह सका।

"तुम्हारा नाम और पेशा कैसे बता दिया ?"

"मेरे मन में जो-जो प्रश्न जग रहे हैं, उनमें से यह भी एक प्रश्न है। पर हां, बहुतेरे आदमियों में बहुत-सी अजीब-अजीब तरह की शक्तियां हुआ करती हैं, जिनकी कोई व्याख्या नहीं की जा सकती।"

लालमोहन बाबू ने कहा, "मुझे इस तरह अनदेखा क्यों कर दिया, बताइए तो।"

"पूरा गांव आपका सम्मान करने जा रहा है, और एक आदमी ने आपके नाम से कोई पहेली नहीं बुझाई तो आप इस तरह हतोत्साह हो गए ?"

"फिर लगता है, मेरे नाम से पहेली नहीं बुझाई जा सकती है, इसीलिए ऐसा किया।"

फेलूदा ने धुएं के दो गुब्बारे बाहर निकालकर कहा, "रक्तवरण मुग्ध करण नदी पास गोली लगते ही मरण।"

"ठहरिए, ठहरिए···रक्तवरण लाल, और मुग्धकरण···"

"मोहन !" मैंने चिल्लाकर कहा।

"येस लालमोहन—मगर गांगुली ? ओ, नदी हुआ गांव और गोली लगने से मरण—ओह ब्रिलिएंट साहब, ब्रिलिएंट ! किस तरह ऐसी बात आपके दिमाग में आती है, मालूम नहीं। आपके रहते मेरा स्वागत करना कोई मानी ही नहीं रखता। अच्छी बात है, भाषण तैयार हो जाए तो जरा देख लीजिएगा न ?"

४

दूसरे दिन सवेरे गांव की चहल-कदमी करने के बाद हम 'जागरणी' क्लब में सिराजुद्दौला नाटक की रिहर्सल देखने गए। फेलूदा ने अभिनेताओं से जान-पहचान कर कैनेडियन थियेटर के सम्बन्ध में एक छोटा-मोटा भाषण दिया। वहीं हम लोगों से गोसांईपुर के एकमात्र मूक-अभिनेता बेनीमाधव से जान-पहचान हुई। उन्होंने बताया कि शुक्रवार को तीसरे पहर वे हमारे घर पर आएंगे और अपनी कला का प्रदर्शन कर जाएंगे। "देखिएगा सर, फ्लैट की छत पर सीढ़ियां चढ़ना। दिखा दूंगा, आंधी के समय आदमी की अभिव्यक्ति कैसी होती है—उदासी से छः प्रकार के परिवर्तनों के दौर से गुजरकर आनन्द की स्थिति में आना दिखा दूंगा।"

तीसरे पहर हम सेगुनहाटी का मेला देखने गए। वहां दोलचक्र पर चढ़े, चाय-चिकेन-कटलेट और राजभोग खाने का मजा लिया, स्पाइडर लेडी की बीभत्स बाजीगरी का करिश्मा देखा और साढ़े तेरह रुपये की छोटी-छोटी चीजें खरीदने के बाद जब गोसांईपुर लौटे तो साढ़े छः बज रहे थे। आसमान में रोशनी है, शायद यह देखकर ही फेलूदा ने कहा कि एक बार मल्लिक-भवन जाकर जीवन बाबू से मिल आएगा। तुलसी बाबू ने कहा कि वे घर पहुंचकर हमारा इन्तजार करते रहेंगे।

सदर दरवाजे पर पहुंचने के पहले ही जीवन बाबू बाहर निकल आए। उन्होंने बताया कि कमरे की खिड़की से उनकी नजर हमपर बहुत पहले ही पहुंच चुकी है। उसके बाद फेलूदा के प्रश्न के उत्तर में बताया कि कोई नई खबर नहीं है। "आप लोगों के बगीचे की जरा सैर कर सकते हैं?"

"ज़रूर," जीवन बाबू ने कहा, "हमारे साथ आइए।"

बगीचा फूलों का बगीचा नहीं है, यहां अधिसंख्य बड़े-बड़े वृक्ष हैं और फल के वृक्ष हैं। फेलूदा चक्कर काटता हुआ क्या देख रहा है, वही जाने! एक बार एक जगह रुककर मिट्टी की ओर बार-बार बहुत देर तक देखता रहा। इसी बीच मल्लिक-भवन के दोमंजिले के पिछले बरामदे से, "कौन है, वहां कौन है ?" कहकर जीवन बाबू की दादी चिल्ला उठीं।

जीवन बाबू को चिल्लाकर कहना पड़ा, "कोई नहीं, हम हैं दादी-जी !"

"ओह, तुम लोग हो," दादीजी बोलीं, "हर रोज देखती हूं कि कुछ लोग वहां का चक्कर लगाते रहते हैं।"

"आपकी दादीजी की दृष्टि-शक्ति कैसी है ?" फेलूदा ने पूछा।

"बहुत ही कम," जीवन बाबू ने कहा, "श्रवण-शक्ति भी वैसी ही है।"

"आम तौर से बगीचे की देख-रेख नहीं की जाती है ?"

"देख-रेख कुछ करते हैं तो भोला बाबू ही करते हैं।"

"रात के वक्त इस ओर आदमी रहता है ?"

"रात के वक्त ? आपका दिमाग खराब है, रतजगा कर ये लोग इस तरफ पहरा देंगे ?"

"सदर दरवाजे पर ताला बन्द रहता है ?"

"यह भोलानाथ बाबू की ड्यूटी है। पर हां, मैं रहता हूं तो मैं ही ताला बन्द करता हूं, चाबी मेरे पास ही रहती है।"

"भोलानाथ बाबू से मेरी जान-पहचान नहीं हो पाई है। उन्हें बुलवा सकते हैं ?"

भोलानाथ बाबू को दिन की रोशनी में देखकर लगा, यद्यपि वे शहरी आदमी की तरह धोती और कुरता पहने हैं, लेकिन उनके चेहरे पर अब भी पुरखों की छाप वर्तमान है। नंगे बदन खेत में ले जाकर अगर हल पकड़ा दिया जाए तो अनमिल जैसे नहीं लगेंगे।

हम लोगों ने घर के सामने तालाब के पक्के घाट पर बैठकर बातचीत

की। बरसात के पानी से तालाब लबालब भरा हुआ है और पूरे तालाब में सेंवार फैला हुआ है। जीवन बाबू ने नवीन नामक एक नौकर से नीबू का शर्बत लाने के लिए कहा। चारों तरफ अजीब तरह का सन्नाटा रेंग रहा है, सिर्फ कहीं दूर 'चीं-चीं' कर ट्रांजिस्टर बज रहा है। वह गीत सुनाई न पड़ता तो हमें सचमुच ही महसूस होता है कि हम पाषाण-युग में लौट आए हैं।

"मृगांक बाबू आपके घर पर सिर्फ एक ही बार आए हैं?" फेलूदा ने भोलानाथ बाबू से पूछा।

"हाल में तो एक बार ही आए हैं।"

"और इसके पहले?"

"आगे भी कई बार आ चुके हैं। काटोआ से आषाढ़ महीने में मदन गोसांई की मंडली आई थी, उस समय मृगांक बाबू ही कीर्तन सुनवाने के लिए उन लोगों को मालिक के पास ले आए थे। यों भी कई बार उन्हें अकेले आते देख चुका हूं। लगता है, मालिक ने उन्हें कोई जन्म-कुण्डली बनाने को कहा था।"

"जन्म-कुण्डली तैयार हो चुकी है?"

"कह नहीं सकता।"

"अबकी बार आए थे तो इसका इन्तज़ाम किसने किया था?"

"मालिक की भी इच्छा थी और वैद्यजी ने भी कहा, और···जी, मैंने भी कहा था।"

"आप भट्टाचार्य के घर पर आते-जाते हैं न?"

"जी हां।"

"भक्ति पैदा होती है?"

भोलानाथ बाबू का सिर नीचे झुक गया।

"और क्या कहूं, हुजूर! मेरी लड़की का नाम था लक्ष्मी, जैसा नाम था वैसी ही लड़की, ग्यारह वर्ष की होते-होते हैजे के प्रकोप से चल बसी। सुनने पर मृगांक बाबू ने कहा, किस हालत में है, यह बात उसके मुंह से सुनना चाहते हो?"

भोलानाथ बाबू ने अंधेरे में धोती के छोर से आंखें पोंछी। उसके बाद

स्वयं को संयत कर बोले, "उसी लड़की को भट्टाचार्यजी ने लाकर उपस्थित कर दिया। लड़की ने बताया, वह ईश्वर की गोद में सुख से है और उसे किसी तरह की तकलीफ का सामना नहीं करना पड़ता है। इतना जरूर है कि जबान से कुछ नहीं कहा, मगर कागज में अपने-आप लिखा गया है। उसी वक्त से…"

भोलानाथ बाबू की आवाज भर्रा गई। फेलू दा ने उस प्रसंग को टालकर कहा, "इस घर में जब वे आत्मा का आह्वान कर रहे थे तो आप उपस्थित थे ?"

"था, लेकिन हां, कमरे के अन्दर नहीं था, बल्कि दरवाजे के बाहर था। अन्दर सिर्फ मालिक, भट्टाचार्यजी और नित्यानन्द थे। माताजी को कहीं पता न चल जाए, इसीलिए मालिक के दरवाजे पर रखवाली करनी पड़ी।"

"आपने खुद कुछ सुना नहीं था ?"

"दस मिनट की खामोशी के बाद जब मधु सरकार की बंसवारी में सियार भौंकने लगे तो मालिक के गले की आवाज आई—'कोई आया, कोई आया ?' उसके बाद कुछ भी सुनाई नहीं पड़ा। सब कुछ हो जाने के बाद भट्टाचार्यजी को अपने साथ लिए मैं उन्हें उनके घर पर पहुंचा आया।"

शर्बत पीना समाप्त होने के बाद फेलू दा ने एक सिगरेट सुलगाई और कहा, "दुर्लभ मल्लिक के कारिन्दों ने आपके मकान में आग लगा दी थी, यह बात आपको याद आती है ?"

भोलानाथ बाबू ने दो शब्दों में इसका उत्तर दिया।

"आती है।"

"आपके मन में आक्रोश नहीं है ?"

फेलूदा को, इस तरह से आघात पहुंचाने जैसा प्रश्न करते, इसके पहले भी देख चुका हूं। उसका कहना है, इस तरह के प्रश्नों की प्रतिक्रिया से बहुत सारी बातों का पता चल जाता है। भोलानाथ बाबू ने दांत से जीभ काटते हुए माथा झुका लिया। कुछ सेकेंडों तक चुप्पी साधे रहने के बाद बोले, "अभी दिमाग ठीक नहीं है तो चाहे जो कुछ कह लें, वरना मालिक

के जैसे आदमी कितने मिलेंगे ?"

फेलूदा ने अब कोई सवाल नहीं किया। भोलानाथ बाबू थोड़ी देर तक इन्तजार करते रहे और उसके बाद बोले, "अगर आप आदेश दें तो मैं भट्टाचार्यजी के मकान तक जरा हो आऊं ?"

यह जानकर कि फेलूदा या जीवन बाबू को कोई आपत्ति नहीं है, वे चले गए। जीवन बाबू को अकुलाते देख फेलूदा ने कहा, "आपको कुछ कहना है ?"

"आप कुछ आगे बढ़े हैं या नहीं, यही जानना चाहता हूं।"

समझ गया, वे अपने बारे में विशेषतया चिन्तित हैं।

फेलूदा ने कहा, "भोलानाथ बाबू खासे अच्छे आदमी लगे।"

जीवन बाबू का चेहरा उतर गया। "इसका मतलब यह कि आप कहना चाहते हैं…"

"मैं यह हर्गिज नहीं कहना चाहता हूं कि आप मुझे भले नहीं लगते हैं। मैं यही कहना चाहता हूं कि मात्र दो-चार सन्देहों पर निर्भर कर कोई आगे नहीं बढ़ सकता—खासकर तब जबकि उन सन्देहों से मूल घटना का कोई सूत्र नहीं मिल रहा हो। अभी जो जरूरी है, वह कोई ऐसी घटना जो…"

"अरे, कौन है वहां ?"

फेलूदा की बातचीत का क्रम रुक गया, क्योंदि दादीजी चिल्ला उठी थीं। आवाज मकान के पिछले हिस्से से आई थी। चारों तरफ निस्तब्धता रहने की वजह से आवाज काफी साफ-साफ सुनाई पड़ी थी।

फेलूदा एक ही क्षण में बगीचे की तरफ दौड़ने लगा। हम भी उसके पीछे-पीछे भागे। लालमोहन बाबू अब तक तालाब की ओर दृष्टि डाले गुनगुना रहे थे। वे भी हमारे साथ दौड़ पड़े।

तीन टार्चों की सहायता से हम बगीचे में पहुंचे। फेलूदा आगे बढ़ गया है। पश्चिम तरफ की दीवार के एक टूटे हिस्से से वह बाहर की ओर टार्च की रोशनी फेंक रहा है। "किसीपर नजर पड़ी ?" जीवन बाबू ने पूछा।

"देखा, मगर पहचानने लायक साफ-साफ नहीं दीख पड़ा।"

आध घंटे तक मच्छरों की भनभनाहट, डंक तथा झींगुर की कान फाड़नेवाली आवाज के बीच पूरे बगीचे की खाक छानने के बाद जो चीज मिली, वह एक रहस्य की सूचक थी। और वह था बगीचे की उत्तर दिशा के अन्त में एक पेड़ के तने के पास अभी-अभी खोदा गया एक गड्ढा। उसमें क्या था या क्या हो सकता है, इसपर जीवन बाबू प्रकाश नहीं डाल सके। लालमोहन बाबू ने अलबत्ता कहा कि गुप्त धन था, मगर जीवन बाबू ने बताया कि उनके वंश में किसी भी काल में गुप्त धन के बारे में कोई किंवदन्ती नहीं थी। फेलूदा ने भी जो बात बताई, वह भी मेरे लिए पूरे तौर पर रहस्य से भरी हुई थी।

"जीवन बाबू, लगता है, हम लोग इस घटना की प्रतीक्षा कर रहे थे।"

कुछ देर पहले खाना-पीना समाप्त कर हम अपने कमरे में बैठे हुएहैं। आज बड़ा ही आलस लग रहा है। समझ गया, अंधेरे में जंगल-झाड़ी में सैर करना आसान काम नहीं है। लालमोहन बाबू और मुझे अपने-अपने पैरों में कई जगह डिटोल लगाना पड़ा है क्योंकि झाड़-झंखाड़ के बीच कांटों की भी झाड़ियां थीं।

एकमात्र फेलूदा के चेहरे पर परिवर्तन का कोई लक्षण नहीं है। वह आज अपना खाता खोले हुए है। अपने बदन में ऑडोमस लेपकर, तकिया छाती पर टिकाए, कुछ लिख रहा है। लालमोहन बाबू आधी उबासी लेकर चुप हो गए, क्योंकि फेलूदा इस बीच एक सवाल पूछ बैठा था, और वह सवाल लालमोहन बाबू नहीं बल्कि तुलसी बाबू से पूछा गया था। तुलसी बाबू हम लोगों के लिए पान लेकर आए।

"तुलसी बाबू, आप यदि किसी महान् आदमी को धोखाधड़ी की कोई चाल बता दें और वह आदमी यदि उस धोखाधड़ी को अमल में लाता है तो आप उसे महान् कहिएगा ?"

तुलसी बाबू ने अकचकाकर कहा, "अरे बाबा, मैं जनाब, इस तरह की पहेली समझ नहीं पाता हूं। लेकिन हां, महान् आदमी इतने नीचे क्यों उतरेगा ? उतर ही नहीं सकता।"

"खैर," फेलूदा ने कहा, "मुझे यह जानकर खुशी हुई कि आप मुझसे सहमत हैं।"

एक तो यों ही पेचीदा रहस्य है, उसपर फेलूदा अनबुझ बातें कहकर उसे और भी रहस्यपूर्ण बना रहा है, इसीलिए उसके बारे में चिन्ता न कर मैं मच्छरदानी के अन्दर चला गया। मगर यह सोचने से कि चिन्ता नहीं करूंगा, चिन्ता क्या मन से दूर भाग जाती है? मेरे मन में ही ढेरों प्रश्न उमड़-घुमड़ रहे हैं। श्यामलाल बाबू के पैरों में कीचड़ क्यों था? किसने ठगी की फांसी और धमकी-भरी चिट्ठी भेजी थी? आज दादीजी किसको देखकर चिल्लाई थीं? बगीचे के गड्ढे में क्या था? मल्लिकजी ने आत्मा के द्वारा लिखा गया कागज क्यों नहीं दिखाया?…कल की तरह आज भी मैं बिस्तर पर लेटते-न-लेटते ऊंघने लगा था, अन्तर महज इतना ही था कि कल एक ही नींद में रात गुजार दी थी और आज जब आंखें खुलीं तो उस समय भी अंधेरा छाया हुआ था।

दरअसल चिल्लाहट की वजह से नींद टूट गई थी। और उसके लिए जिम्मेदार हैं लालमोहन बाबू, क्योंकि वे मच्छरदानी के बाहर खाट पर बैठे हुए थे, सामने की खुली खिड़की की सलाखों से चांदनी आकर उनके चेहरे पर टिकी हुई थी और उनकी आंखों में हैरानी तैर रही थी।

"बाप रे, कैसा सपना था!" लालमोहन बाबू ने कहा।

"क्या देखा?" मैंने पूछा।

"अपने दादा हरिमोहन गांगुली को देखा…एक विशाल स्वागत-सभा का आयोजन है, उसमें दादाजी भाषण दे रहे हैं, उसके बाद मेरे गले में माला डालकर बोले, 'देखो, कितनी रोमांचकारी माला तुम्हें दे रहा हूं!' मैंने देखा, वह फूलों की माला नहीं है, तपेश, वह—अरे बस-बस—वह छोटे-छोटे रक्तिम नरमुंडों से गुंथी हुई है।"

"इतने सुन्दर ब्रह्म मुहूर्त में आपने यह सब ऊटपटांग सपना देखा?"

आश्चर्य है! फेलूदा अपनी खाट पर नहीं है, इसपर अब तक ध्यान ही नहीं गया था। वह छत के दरवाजे से कमरे के अन्दर आया। समझ गया, वह योगाभ्यास कर रहा था। खैर, सवेरा हो चुका है।

"क्या करूं," लालमोहन बाबू ने कहा, "आपका वह 'रक्तवरण', 'आत्माराम' और 'संवर्धना' मिलकर मेरे अन्दर इस तरह गड्ड-मड्ड हो गया।"

हम उठकर खड़े हो गए। तुलसी बाबू क्या अब भी सो रहे हैं? छत पर आकर देखा, पूरब दिशा कुल मिलाकर साफ दीखने लगी है और उसके कारण चांदनी फीकी जैसी लग रही है। दो-तीन तारे अब भी टिमटिमा रहे हैं, मगर अब वे भी ज्यादा देर तक टिके नहीं रहेंगे। दातुन का प्रयोग करूंगा, यह सोचकर नीम की कुछ टहनियां तोड़कर रख ली थीं—क्योंकि फेलूदा का कहना है कि किसी भी बाजारू टूथ-ब्रश और पेस्ट से वह दसगुनी अच्छी होती है—उन्हीं टहनियों में से एक चबाकर उसे तैयार कर रहा था कि तभी कातर चीत्कार सुनाई पड़ा।

"मित्तिरजी! मित्तिरजी!"

भोलानाथ बाबू की आवाज थी। हम दौड़ते हुए नीचे पहुंचे।

"सर्वनाश हो गया!"

भोर के आकाश के तले उनका बुझा हुआ चेहरा और भी ज्यादा बुझा हुआ प्रतीत हो रहा था। "क्या हुआ?" फेलूदा दौड़ते हुए गया।

"कल रात घर में डाकेजनी की घटना हो जाने के कारण सब तितर-बितर हो गया है। सन्दूक खाली पड़ा है। मालिक के हाथ-पैर बांध दिए थे। मुझे भी बांध दिया था, सवेरे छोटे बाबू ने आकर बन्धन खोले हैं। आप जल्दी चलिए।"

५

श्यामलाल बाबू हालांकि जख्मी नहीं हुए हैं, लेकिन उन्हें जिस तरह दो घंटे तक बांधकर रखा था, उससे उनकी हालत बदतर हो गई है। वे कालीन पर बैठे फटी-फटी आंखों से सामने की ओर ताक रहे हैं। सिर्फ एक बार उन्हें बुड़बुड़ाते हुए पाया, "अगर बांधा ही तो मार क्यों नहीं डाला ?" इधर उनका सन्दूक जो खाली हो गया है, इसपर क्या उन्होंने गौर किया है ?

फेलूदा ने शुरू में श्यामलाल बाबू के कमरे की छानबीन की। केवल सन्दूक ही खोला गया है, बाकी चीजें ज्यों की त्यों पड़ी हैं। सुना, चाबी श्यामलाल बाबू के तकिये के नीचे रहती थी। भोलानाथ बाबू दोमंजिले पर ही सोते हैं, नींद की हालत में ही डाकुओं ने उनपर आक्रमण कर उनके हाथ-पांव और मुंह बांध दिए थे। उनकी धारणा है, कम-से-कम दो आदमी थे। नौकर नवीन रात-भर खर्राटे भरता रहा है। दो प्यादों में से एक सेगुनहाटी जात्रा देखने चला गया था और दूसरे ने अपनी ड्यूटी ठीक ही बजाई थी, मगर दुःख की बात है कि डाकुओं ने उसके सिर पर लाठी से वार कर उसे कुछ घण्टों के लिए अचेत कर दिया था। सामने का दरवाजा बन्द ही था, इसलिए लगता है, खिड़की की दीवार लांघकर पीछे के बरामदे से वे लोग अन्दर आए थे। दादीजी से कुछ पूछना बेकार है, क्योंकि वे बरामदे के उत्तरी छोर में तीन खाली पड़े कमरों में से आखिरी कमरे में रहती हैं।

हमारे आने के बाद पन्द्रह मिनट गुजर चुके हैं, मगर अब तक जीवन बाबू से मुलाकात नहीं हुई है। भोलानाथ बाबू हमारे साथ ही थे, फेलूदा ने उनसे कहा, "जीवन बाबू क्या हमें बताए बिना पुलिस को इत्तिला करने

चले गए ?"

भोलानाथ बाबू ने दुविधा-भरे स्वर में कहा, "जी, वे मुझसे कहकर ही बाहर निकले हैं मगर उसके बाद तो···"

फेलूदा सीढ़ियों की ओर भागा, उसके पीछे-पीछे लालमोहन बाबू और मैं। सहन तय कर खिड़की से होते हुए हम सीधे बगीचे में आए। यहां सूर्य अभी अच्छी तरह नहीं उगा है। थोड़ा-बहुत कोहरा भी है या फिर जमा हुआ चूल्हे का धुआं। पेड़ों के पत्ते ओस से भीगे हुए हैं, पैरों के नीचे की घास भीगी हुई है। चिड़ियां चहक रही हैं—कौआ, सुग्गा और एक तरह की चिड़िया, जिसका नाम मालूम नहीं।

हम बगीचे से होते हुए एक जगह पहुंचकर ठिठककर खड़े हो गए।

दस हाथ के फासले पर एक कटहल के पेड़ के तले नीला कुर्ता और पंजाबी पहने एक आदमी पड़ा हुआ है। इस लिबास से मैं परिचित हूं, उसकी चप्पलों से भी परिचित हूं।

फेलूदा ने आगे बढ़कर निकट से देखा और देखते ही भय और भर्त्सना से मिली-जुली एक तरह की आवाज कर पीछे हट गया।

"अरे साहब !"

लालमोहन बाबू ने उंगली से कुछ दूर जमीन के एक खास हिस्से की ओर इशारा कर कहा।

"जानता हूं। देख लिया है," फेलूदा ने कहा, "हाथ मत लगाइएगा, उसीसे जीवन बाबू की हत्या की गई है। झाड़ी की तरफ एक अंगोछा पड़ा हुआ है, जिसके कोने में पत्थर बंधा है।"

भोलानाथ बाबू भी बाहर निकल आए और देखते ही समझ गए कि क्या हुआ है। 'सर्वनाश' कहकर, सिर पर हाथ रखे लगभग बेहोशी जैसी हालत में वे तीन हाथ पीछे हट गए।

"इस समय घबराने से काम नहीं चलेगा, भोलानाथ बाबू, आप अभी इनके साथ चले जाइए। पुलिस की चौकी में जाकर इत्तला कर आइए। जरूरत पड़ेगी तो शहर से कोतवाल आएगा। किसीको लाश या अंगोछा छूने नहीं दिया जाए। कुछ देर पहले ही यह कांड हुआ है। हो सकता है, वह आदमी कहीं अड़ोस-पड़ोस में ही हो। और—बेहतर यही है कि

मल्लिकजी को इस हत्या का पता नहीं चले।"

फेलूदा पश्चिम की दीवार की ओर दौड़ पड़ा और उसके साथ मैं भी भागा।

इस तरफ की दीवार का एक हिस्सा गिर गया है और बाहर जाने का रास्ता बन गया है। हम दोनों लांघकर बाहर चले आए। फेलूदा की आंखें चारों तरफ दौड़ रही हैं, यहां तक कि जमीन की तरफ भी। एक सौ गज के इर्द-गिर्द कोई मकान नहीं है, कारण यही शॉर्टकट वाली बंसवारी है। मगर वह क्या है?—एक टूटा हुआ मंदिर। यह अवश्य ही चमगादड़-काली का मन्दिर है।

मन्दिर के निकट एक आदमी है, वह हमीं लोगों की ओर आ रहा है। वैद्य रसिक चक्रवर्ती हैं।

"क्या बात है? इतनी सुबह-सुबह?" उन्होंने पूछा।

"शायद आपको सूचना नहीं मिली है?"

"किस बात की सूचना?"

"मल्लिकजी…"

"अयं?" वैद्यजी की पेशानी पर बल पड़ गए।

"आपको जिस चीज का डर हो रहा है, बात वैसी नहीं है। मल्लिक-जी स्वस्थ ही हैं, पर हां, उनके घर में डाकेजनी की घटना हुई है। और, जीवन बाबू की हत्या कर दी गई है। मल्लिकजी को इसकी सूचना मत दीजिएगा।"

रसिक बाबू व्यस्तता के साथ चले गए। हमने भी वापस जाने वाली राह पकड़ी। हत्यारा भाग चुका है।

दीवार लांघकरहम बगीचे में पहुंच गए और जैसे ही आगे बढ़े, तीसरी घटना पर हमारी निगाह गई। यह सपना है या सत्य?

कटहल के पेड़ के नीचे का हिस्सा अब खाली पड़ा है।

जीवन बाबू की लाश लापता हो गई है।

झाड़ी के पास ठगी की फांसी थी, वह भी गायब है।

लालमोहन बाबू एक गुरुच बेल के नीचे खड़े हैं और थर-थर कर कांप रहे हैं। किसी तरह उनकी जबान से आवाज बाहर आई।

"भोलानाथ बाबू पु···प···पुलिस को सूचना देने गए और मैं जब आप लोगों को ढूंढ़ने आया तो देखा···"

"आने पर देखा, लाश नहीं है ?" फेलूदा ने चिल्लाकर कहा, "यही बात है न ?" फेलूदा फिर दौड़ पड़ा। अब की पश्चिम नहीं, पूरब की ओर।

पूरब तरफ की दीवार में दरार नहीं है, मगर उत्तर की तरफ है। कल का वह गड्ढा मिला। आज देखा, वह एक आम के दरख्त के नीचे है—और पीछे की ओर ही दरार है। दरार बड़ी है, लगभग एक फाटक के बराबर। फेलूदा और मैं बाहर निकल आए।

दस हाथ के बीच ही एक तालाब है, पानी से लबालब भरा हुआ। इसी तालाब में लाश फेंकी गई है, इसमें कोई शक नहीं।

लौटकर हम पीछे की तरफ की सीढ़ियों से दोमंजिले पर पहुंचे। "ओ जीवन, बेटा जीवन !"—दादीजी चिल्ला रही हैं, "अभी-अभी जीवन पर नजर पड़ी थी, अब कहां चला गया ?"

अस्सी साल की वह बुढ़िया, जिसके गाल सिकुड़े हैं, बाल छोटे-छोटे कटे हैं, बिना किनारी की साड़ी पहने और आंखों पर धुंधला चश्मा लगाए, अपने कमरे से निकलकर बरामदे के इस छोर पर चली आई है। इतने दिनों तक सिर्फ आवाज ही सुनी थी, आज दादीजी को पहले-पहल देखा। फेलूदा आगे बढ़ा। "जीवन बाबू थोड़ी देर के लिए बाहर गए हुए हैं। मेरा नाम प्रदोष मित्तिर है। आपको किस चीज की जरूरत है, मुझसे कह सकती हैं।"

"तुम कौन हो, बेटा ?"

"मैं जीवन बाबू का मित्र हूं।"

"तुमपर नजर नहीं पड़ी थी।"

"मैं दो दिन पहले कलकत्ता से आया हूं।"

"तुम भी कलकत्ता में रहते हो ?"

"जी हां, आप कुछ कहना चाहती हैं ?"

दादीजी एकाएक बात भूल गईं। गर्दन ऊंची कर कुछ देर तक इधर-उधर ताकती रहीं, फिर बोलीं, "क्या कहना था, याद नहीं आ रहा है, बेटा, मैं परले दर्जे की भुलक्कड़ हूं।"

हमने अब दादीजी के पीछे वक्त बरबाद नहीं किया। हम तीनों ने श्यामलाल बाबू के कमरे में प्रवेश किया।

इस बीच रसिक बाबू आ चुके हैं। वे श्यामलाल बाबू की नाड़ी थामे बैठे हैं।

"जीवन कहां गया ?" श्यामलाल बाबू ने असहाय भाव से पूछा। समझ गया, रसिक बाबू ने जीवन बाबू के मरने की खबर श्यामलाल बाबू को नहीं बताई है।

"आप तो चाहते थे कि वे कलकत्ता लौट जाएं।" फेलूदा ने कहा।

"वह चला गया ! किस चीज से गया ? पालकी से ?"

"पालकी पर सारी चीजें तो ढोई नहीं जा सकती हैं। काटोया में गाड़ी पकड़ने के अलावा दूसरा विकल्प नहीं है। बैलगाड़ी या डाकगाड़ी से आज-कल जाना संभव नहीं है, यह तो समझ ही रहे होंगे।"

"तुम मुझसे व्यंग्य कर रहे हो ?" श्यामलाल बाबू के स्वर में ईषत् अभिमान का भाव है।

"सिर्फ मैं ही क्यों ?" फेलूदा ने कहा, "गांव के सभी करते हैं। आप जो कुछ कर रहे हैं, उससे न तो आपका और न ही किसी व्यक्ति का लाभ या मंगल हो रहा है। आपके साथ क्या वाकया हुआ, यह तो देख ही चुके। फरसा के बदले अगर आप एक बन्दूकधारी पहरेदार रखते तो यह कांड नहीं हुआ होता। बिजली के शॉक से यह शॉक क्या कुछ कम है ? जो युग बीत चुका है, उसे वापस नहीं लाया जा सकता है, मल्लिकजी !"

आश्चर्य है, मैंने सोचा था, वे आग-बबूला हो जाएंगे, मगर ऐसी बात नहीं हुई। फेलूदा की बात के जवाब में उन्होंने एक भी शब्द नहीं कहा, सिर्फ एक लंबी सांस ली और चुप्पी ओढ़ ली।

६

"चेहरे का हुलिया कैसा हो गया है, देख रहे हैं न ?"

लालमोहन बाबू ने पलंग पर बैठ, दाढ़ी बनाने का आईना लेकर उसमें अपना चेहरा देखा और राय जाहिर की। उनके चेहरे की जैसी हालत है, हमारे चेहरे की भी वही हालत है।

"गोसांईपुर में बस एक यही 'ड्रा-बैक' है," तुलसी बाबू ने कहा।

"इसके बारे में आप लोगों को पहले से ही चेतावनी दे देनी चाहिए थी।"

"आप लोग गोसांईपुर कह रहे हैं मगर मैं कहूंगा, मल्लिक-भवन के बगीचे में," लालमोहन बाबू ने कहा, "वही मच्छरों का डिपो है।"

दोपहर का भोजन कर हम दोमंजिले के अपने कमरे में बैठे हुए हैं। पुलिस ने आकर छान-बीन शुरू कर दी है। फेलूदा इस तरह चुप्पी साधे क्यों है, समझ में नहीं आ रहा। मेरी धारणा है, जीवन बाबू की हत्या उसके लिए इतनी अप्रत्याशित है कि उसने जो हिसाब-किताब लगाया था, वह गलत साबित हो चुका है। और, डाकुओं ने ही हत्या की होगी तो फिर छानबीन में दिलचस्पी ही क्या रह जाती है ? डाकुओं को पकड़ने का रास्ता पुलिस को बहुत अच्छी तरह मालूम है, वैसी स्थिति में एक प्राइवेट जासूस क्या कर सकता है ?

दरोगा सुधाकर प्रामाणिक इस बीच फेलूदा से मिलकर बातचीत कर चला गया है। उसने फेलूदा का नाम सुना है, पर ऐसा नहीं लगा कि उसमें फेलूदा के प्रति कोई भक्ति-भाव है। खास तौर से जीवन बाबू की लाश लापता हो जाने से वह बेहद परेशान है।

"आप लोगों में से जो शौकिया डिटेक्टिव हैं," सुधाकर दरोगा ने कहा,

"उनके काम में तौर-तरीके का अभाव रहता है। आपके जैसे एक और व्यक्ति से मुलाकात हुई है—गणेश दत्त गुप्त। उससे एक मामले में झंझट हो गई। जहां एक्शन की जरूरत है, वहां वे भौंह सिकोड़े बैठ हैं। क्या सोच रहे हैं, गंगा मैया ही जाने। जहां काम कर रहे हैं, उसके लिए कोई फिक्र ही नहीं। आपने देखा, लाश पड़ी हुई है तो वहां एक आदमी पहरे पर नियुक्त नहीं कर सकते थे ? अब हमें पिछवाड़े के तालाब में जाल फेंकना होगा। और अगर उसमें लाश नहीं निकलती है तो सोचकर देखिए—इस गांव में ग्यारह तालाब हैं, उनमें से एक को झील कहा जा सकता है। उससे भी न निकले तो फिर···यह सब आपकी उपेक्षा के कारण हुआ है।"

फेलूदा कड़वी बातों का घूंट पी गया और बदले में एक बेढब सवाल कर उसने सुधाकर दरोगा को और अधिक भड़का दिया।

"आप प्रेतात्मा में विश्वास रखते हैं ?"

दरोगा कुछ क्षण तक अवाक् हो फेलूदा की ओर देखता रहा, फिर सिर हिलाकर बोला, "सुना था, आप सीरिअस हैं, अब वह बात गलत साबित हो रही है।"

फेलूदा ने कहा, "मैं यह इसलिए कह रहा था कि आप लोग अगर हत्यारे को नहीं पकड़ पाते हैं तो ऐसी हालत में मुझे मृगांक भट्टाचार्य की शरण में जाना होगा। वे प्रेतात्मा को बुला सकते हैं। मुझे लग रहा है, जीवनलाल की आत्मा ही हत्यारे का ठीक-ठीक पता बता सकती है।"

"तो फिर कहिए कि आप खुद 'होपलेस' फील कर रहे हैं।"

"हत्या की छानबीन मेरी सामर्थ्य के परे की चीज है, यह बात मैं स्वीकार करता हूं, मगर इतना विश्वास है कि डाकू के हाथ में हथकड़ी पहनाने में सफल हो सकूंगा।"

सुधाकर बाबू के दिल में फेलूदा के प्रति कितनी कम आस्था है, इसका पता उसकी बाद वाली बात से चला।

"आशा है, 'डेड बॉडी' और जीवित 'बॉडी' में जो अन्तर रहता है, उसका आप विवेचन कर सकते हैं। गले में फांसी लगाकर खींचने से चेहरे पर कैसा-कैसा परिवर्तन आता है, इसकी आपको जानकारी है ?"

फेलूदा ने ठंडे दिमाग से इसका उत्तर दिया।

"सुधाकर बाबू, मुझे जब कि पुलिस की नौकरी में जाने की कोई ख्वाहिश नहीं है तो आपके सवाल का जवाब देना मेरी मर्जी पर निर्भर करता है। पुलिस पर निर्भर न कर मैं प्रेतात्मा की बात कर रहा हूं तो आप समझ सकते हैं कि मेरी छानबीन का रास्ता ही अलग है।"

"भोलानाथ बाबू पर आपको कोई संदेह नहीं हो रहा है?"

"जरूर हो रहा है। आप लोग बात की गहराई में न जाकर भोलानाथ बाबू को हथकड़ी पहनाएंगे, क्योंकि आप लोगों के कान में शायद यह खबर पहुंच चुकी है कि जीवन बाबू के पुरखे ने उनके पुरखे को अपमानित किया था। मगर वैसा कर आप लोग भारी गलती कीजिएगा।"

सुधाकर दरोगा ने एक ठहाका लगाया और मोढ़े से उठकर खड़ा हो गया। उसके बाद फेलूदा की ओर ताकता हुआ 'च्य-च्य' कर दोषारोपण का शब्द प्रकट करते हुए बोला, "जानते हैं, कठिनाई क्या है, आप लोग अधिक सोच-सोचकर सहज चीज को जटिल बना देते हैं। मामला पानी की तरह स्पष्ट है।"

"आप लोगों का जाल फेंकना तालाब के पानी की तरह ही है?"

फेलूदा के व्यंग्य को अनसुना कर दरोगा कहने लगा, "आप जरा सोचिएगा तो समझ में आ जाएगा कि मैं भोलानाथ बाबू की बावत कह रहा हूं। डकैती और हत्या—दोनों के लिए वही जिम्मेदार है। यह डकैती घर के आदमी का काम है, यह स्पष्ट समझ में आ जाता है। असली डाकू होता तो सन्दूक तोड़ता—न कि उसे चाबी से खोलता। भोलानाथ रुपया-पैसा लेकर भाग रहा था, पिछवाड़े के बगीचे से। हत्या करने का उसका अभिप्राय नहीं था। जीवन बाबू की नींद खुल गई और पता चलने पर उन्होंने पीछा किया। बाध्य होकर भोलानाथ बाबू को हत्या करनी पड़ी। उसके बाद आप लोगों को सूचित करने इसलिए गया कि उसपर कोई सन्देह न हो। भोलानाथ बाबू का कहना है कि डाकुओं ने उसे बांधकर रखा था, जीवन बाबू ने आकर उसकी गांठ खोली। यह बात सच है, इसका प्रमाण क्या है? इसका तो कोई गवाह है नहीं।"

"फिर सन्दूक का रुपया कहां चला गया, सुधाकर बाबू?" फेलूदा ने

गंभीरता के साथ पूछा।

"उन रुपयों की भी खोज करनी है," सुधाकर बाबू ने कहा। "लाश मिलने के बाद हम लोग भोलानाथ बाबू से जिरह करेंगे। तब तमाम बातों का भंडाफोड़ हो जाएगा।"

सुधाकर बाबू की बातों में मुझे तथ्य प्रतीत हुआ। मगर फेलूदा उनकी बातों को तूल क्यों नहीं दे रहा है? जब दरोगा सीढ़ियां उतर रहा था, तो फेलूदा उनसे क्यों कहने गया कि 'आज शाम के वक्त जीवन बाबू की आत्मा मृगांक बाबू के घर पर बुलाई जाएगी, आने पर आप छले नहीं जाइएगा।"

तुलसी बाबू को सिर्फ यही चिन्ता है कि कल स्वागत-सभा का आयोजन किया जाएगा या नहीं। जब तक रहस्य का पता नहीं चलता है, हत्यारे के हाथ में हथकड़ी नहीं डाली जाती है, स्वागत-सभा का आयोजन होना नामुमकिन है, क्योंकि गांव के लोगों में योगदान का उत्साह नहीं है। लालमोहन बाबू ने अलबत्ता यह मान ही लिया है कि माला और मानपत्र मिलने वाला नहीं है और उनका भाषण बेकार चला गया। शायद उन्होंने स्वयं को सांत्वना देने के खयाल से ही कहा, "हम रहस्य को बेचकर रोजी-रोटी चलाते हैं, एक यथार्थ रहस्य का सामने आना ही हमारे लिए सबसे बड़ा पुरस्कार है।"

मुंह से भले ही उन्होंने ऐसा कहा, मगर बार-बार वे भाषण की पंक्तियां बुदबुदा रहे हैं और स्वयं को संयत कर रहे हैं।

"मृगांक भट्टाचार्य किस मकान में रहते हैं, बता सकते हैं?"

यह सवाल तुलसी बाबू के दरवाजे से आया।

"लो, अब शुरुआत हुई," तुलसी बाबू ने कहा। "सोमवार और शुक्रवार को यह उपद्रव मचा रहता है और मुझे यह कहकर कि 'रास्ते का पहला मकान ही है,' झमेला बरदाश्त करना पड़ता है।"

तुलसी बाबू ने खिड़की से नीचे की ओर ताकते हुए कहा, "और तीन मकान के बाद दाहिनी ओर।"

फेलूदा ने कहा, "हम लोग उनके पास पहुंच रहे हैं, यह सूचित कर देना अच्छा रहेगा। और कह दीजिएगा, हम क्यू में खड़े नहीं हो सकेंगे।

हम लोगों की आत्मा को प्राथमिकता देनी होगी।"

तुलसी बाबू को संभवतः पहली बार अब समझ में आया कि फेलूदा इस मामले में सचमुच ही सीरिअसहै। उनके चेहरे का भाव पढ़कर फेलूदा ने कहा, "मेरे अकेले का काम खत्म हो गया है, तुलसी बाबू! अब भट्टाचार्य से मदद लिए बिना मेरे लिए आगे बढ़ना मुश्किल है।"

फेलूदा अकसर कहा करता है, मन का दरवाजा खोले रखना चाहिए, खासकर आजकल; क्योंकि हर रोज इसका प्रमाण मिलता है कि दुनिया में इस तरह की बहुतेरी घटनाएं घटती हैं, जिनका कारण वैज्ञानिकों को मालूम नहीं, लेकिन न जानने की वजह से वे उसे असत्य भी नहीं कह सकते हैं। मसलन उस दिन अखबार में छपा था कि यूरी गेलर नामक एक यहूदी युवक ने अपनी दृष्टि-शक्ति से पांच हाथ के फासले से एक वैज्ञानिक के हाथ में थमे कांटे-चम्मच को टेढ़ा कर दिया था। इस घटना को एक और वैज्ञानिक ने अपनी आंखों से घटते देखा था और देखकर न तो उसका कारण बता सका और न ही उस बात को असत्य घोषित कर सका। मृगांक बाबू में भी क्या ऐसी ही शक्ति है?

तुलसी बाबू ने कहा, "साढ़े पांच बज रहे हैं, चलिए, हम लोग एक साथ जाकर उनसे अनुरोध करें, फिर उनपर अधिक दबाव पड़ेगा।"

फेलूदा उठकर खड़ा हो गया और बोला, "तुम लोग जरा घूम-फिरकर आओ।"

मुझे भी एक ही कमरे में अधिक देर तक बैठे रहना अच्छा नहीं लग रहा था, लालमोहन बाबू ने भी बताया था कि गोसांईपुर की शरद ऋतु के तीसरे पहर का कोई जवाब नहीं, इसीलिए फेलूदा जैसे ही बाहर निकला, हम दोनों भी घूमने निकल पड़े।

७

दो दिन पहले जब यहां आया था, उस समय गांव कुछ और ही जैसा लग रहा था और आज कुछ और ही जैसा लग रहा है। उसका कारण है, मेरा मन कह रहा है, इस सुन्दर गांव के किसी गोपनीय स्थान में गले में फांसी लगे आदमी की लाश छिपी हुई है। अचानक अगर दीख जाए···

न, यह सब नहीं सोचूंगा। फिर घूमना-फिरना बेकार साबित हो जाएगा।

बंसवारी होकर चलते-चलते जब रोशनी कम होने लगी तो मेरी हिम्मत भी ढीली होने लगी। मगर मूक अभिनेता बेनीमाधव ने मेरी खोई हिम्मत को वापस ला दिया।

"अरे मैं तो आपके ही घर पर जा रहा था। कहा था न कि शुक्रवार को तीसरे पहर आकर अभिनय दिखा जाऊंगा।"

"क्या करूं, भाई, बोलो," लालमोहन बाबू ने कहा, "इस तरह की मुसीबत आ जाएगी, इसकी जानकारी कहां थी? इसके बाद एक्टिंग देखने का मूड रह सकता है? तुम्हीं बताओ।"

"आप ठीक ही कह रहे हैं, सर! आप लोग कुछ दिन ठहरिएगा न?"

"हां, तीनेक दिन तो ठहरेंगे ही।"

"उस तरफ कहां जा रहे हैं?"

"किस तरफ जाना चाहिए, तुम्हीं बताओ न।"

"चमगादड़-काली देख चुके हैं, सर? सत्रहवीं शताब्दी का मंदिर है। दीवार पर अब भी कुछ कारुकार्य (शिल्पकला) की निशानी बाकी बच गई है। चलिए, दिखा लाता हूं।"

सवेरे मैं मंदिर देख आया हूं, यह बात मैंने उससे नहीं कही। सच

कहने में हर्ज ही क्या, उस समय मेरे मन की जैसी हालत थी, उसे देखते हुए कारुकार्य पर दृष्टि ही नहीं गई।

तीन मिनट बीतते-न-बीतते हम मंदिर के पास पहुंच गए। यहां सवेरे ही आना चाहिए था। शाम के समय डर जैसा लगता है। निकट ही बरगद का एक पेड़ है। उसकी एक जड़ ने मन्दिर के शिखर को जकड़कर उसमें दरार पैदा कर दी है।

"यहां बलि दी जाती थी, सर," बेनीमाधव ने बरगद के तने के पास की एक जगह दिखाते हुए कहा।

"बलि?" लालमोहन बाबू ने थरथराती आवाज में पूछा।

"नर-बलि, सर! गोसांईपुर के विश्वविख्यात डाकू, ने दो डाकू का इतिहास नहीं पढ़ा है? उसपर अगर आप लिखें तो रहस्य-रोमांच की एक पुस्तक तैयार हो जाए। अन्दरूनी हिस्सा देखिएगा? टार्च है?"

अन्दरूनी हिस्से में इस बीच अंधेरा फैल चुका है।

"अन्दरूनी हिस्सा?" लालमोहन बाबू ने भर्राई आवाज में कहा। 'टार्च लेकर नहीं आया हूं, भाई। सुना है, चमगादड़ वगैरह···"

"चमगादड़ तो अभी 'इवनिंग एक्सकर्शन' पर होगा, सर! अभी-अभी चुगने के लिए निकला होगा। चमगादड़ देखना चाहें तो···"

"नहीं भाई, नहीं देखना चाहता। बल्कि न देखना ही अच्छा है।"

"चले आइए, सर! तीली जलाई है। बीड़ी सुलगाई है सर! अन्यथा नहीं मानिएगा, सर!"

"नहीं-नहीं भाई, अन्यथा क्यों मानूंगा, चाहो तो पांच बीड़ियां एक-साथ सुलगा सकते हो।"

बेनीमाधव ने बीड़ी सुलगाकर जली हुई तीली को मंदिर के दरवाजे पर रख दिया और तभी मेरा कलेजा मुंह को आ गया। लालमोहन बाबू चार बार 'जी-जी-जी-जी' कहकर खामोश हो गए।

जीवन बाबू की लाश! मंदिर के अन्दर खंभे की ओट से नीले कुर्ते और सफेद पाजामे का थोड़ा-सा हिस्सा झांक रहा है। सवेरे हाथ में घड़ी थी, अब नहीं है।

"देखिए, कौन तो कपड़ा फेंककर चला गया है।"

बेनीमाधव बेधड़क आगे बढ़ रहा था, शायद इसलिए कि कपड़ों को लेकर उसके मालिक के पास पहुंचा आएगा। लालमोहन बाबू ने उसकी कमीज कसकर पकड़ ली और कहा, "वह ल-लाशहै। पुस···पुस ···पुलिस का मामला है।"

मूक अभिनेता लाश शब्द सुनते ही मूक हो गए थे—अबकी उसका अभिनय देखा। 'अवाक्' से शुरू कर एक ही लमहे में 'आतंक' में पहुंचकर उसने दिखा दिया कि बिना कुछ बोले किस तरह लंबी दौड़ लगाने का अभिनय किया जा सकता है। हम भी अब इन्तजार में खड़े नहीं रहे बल्कि इस विभीषिका से पूर्ण माहौल से अलग हटकर घर की ओर रवाना हो गए।

फेलूदा लौटकर चला आया था। बोला, "इस तरह चेहरा उतरा हुआ क्यों है ? जल्दी-जल्दी तैयार हो जाओ। पन्द्रह मिनट में ही आत्मा बुलाई जाने वाली है।"

फेलूदा पर नजर पड़ते ही लालमोहन बाबू पूरे तौर पर स्वाभाविक स्थिति में आ गए थे। बोले, "एक महत्त्वपूर्ण आविष्कार करके आया हूं। पर हां, अकेले मैंने आविष्कार नहीं किया है, बल्कि दोनों जनों ने। जीवन बाबू की लाश चमगादड़-काली की मंदिर में पड़ी हुई है। पुलिस को सूचित कीजिएगा या उसे खोजबीन करने दीजिएगा ?"

मुझे पता है, सुधाकर दरोगा लालमोहन बाबू को कतई अच्छा नहीं लगा था, इसीलिए उन्होंने कहा,'या खोज-बीन करने दीजिएगा'। फेलूदा ने कहा, "मंदिर के अन्दर गए थे ?"

"नो सर ! लाश को छूना मना है न, इसीलिए नहीं गया। लेकिन इसमें कोई शक नहीं कि जीवन मल्लिक की ही लाश है।"

"ठीक है। सुधाकर कुछ देर पहले आए थे। शायद भट्टाचार्य जी के यहां आएंगे। उस समय सूचित कर दूंगा।"

दस मिनट में ही हम रवाना हो गए। तुलसी बाबू ने कहा कि उन्हें एक बार वकील साहब के यहां जाना है। कल का आयोजन निरर्थक साबित हो सकता है, यह बात उन्हें जनाना जरूरी है।

रास्ते में फेलूदा ने बताया कि मृगांक बाबू ने जीवनलाल की आत्मा

बुलाने के संबंध में कोई आपत्ति नहीं की बल्कि इसके लिए आग्रहशील प्रतीत हुए। बाहर से और भी तीन आदमी आए हुए हैं, उन्हें बाहर बिठाकर पहले हमारा काम कर देंगे।

मृगांक बाबू के घर में आज पलंग के बदले लकड़ी की एक मेज है और उसके चारों तरफ टीन और लकड़ी की पांच कुर्सियां। उन्हींमें से एक पर मृगांक भट्टाचार्य बैंठे हैं। मेज के बिचले हिस्से पर एक मिट्टी का दीया रखा हुआ है और उसके पास ही कागज और पेंसिल। इसके अलावा कमरे में दो के बदले एक बेंच और दो मोढ़े बिछे हैं। बेंच पर उनका भांजा नित्यानन्द बैठा हुआ है।

हम तीनों तीन कुर्सियों पर बैठ गए, एक कुर्सी तुलसी बाबू के लिए खाली रह गई।

"तुलसी बाबू का इन्तजार करूं ?" मृगांक बाबू ने कहा।

"पांच मिनट इन्तजार किया जा सकता है," फेलूदा ने कहा।

"मुझे मालूम था। उस दिन आपपर नजर पड़ते ही मुझे पता चल गया था कि आपको फिर मेरे पास आना होगा।" मृगांक बाबू की आवाज अंधेरे कमरे में गूंज उठी। मृगांक बाबू कहने लगे, "विज्ञान का अर्थ है विशेष ज्ञान। परलोकवासी आत्मा से संपर्क की स्थापना इस विशेष ज्ञान का श्रेष्ठ ज्ञान कहलाता है। इसलिए जो वस्तुत: वैज्ञानिक हैं, वे इस विशेष ज्ञान को हेय दृष्टि से नहीं देखते।"

बार-बार इस 'ज्ञान' शब्द का उच्चारण अच्छा नहीं लग रहा था। अच्छा तो यही है कि अब वे शुरू करें।

"आप लोग सभी परलोकवासी जीवनलाल को देखना चाहते हैं और अभी-अभी उनकी मृत्यु हुई है। इन दो कारणों से आज की बैठक की चरम सफलता की मैं आशा करता हूं। आत्मा को अब भी नरलोक से परलोक में जाने का अवकाश नहीं मिला है। बहुतेरे पार्थिव बंधनों से मुक्त होने के बाद ही आत्मा गंतव्य स्थान में पहुंचती है। जीवनलाल की आत्मा अब तक हमारे इर्द-गिर्द वर्तमान है। वह मेरे आह्वान की प्रतीक्षा

में है। वह जानती है, मैं उसका आह्वान करूंगा तो वह उपलब्ध हो जाएगी। जीवनलालकी आत्मा त्रिकालज्ञ और अविनश्वर है। जल-स्थल-अंतरिक्ष में वह अबाध गति से विचरण कर सकती है। मेरे इस कक्ष में वह अबाध गति से विचरण कर रही है। मेरी यह लेखनी उसीकी लेखनी होगी। उसीका ज्ञान, उपलब्धि और विश्वास उसीकी भाषा में मेरी इस लेखनी की सहायता से व्यक्त होगा।''

अब फेलूदा ने जबान खोली। इस हालत में वही बातचीत कर सकता है, क्योंकि मेरा गला सूख रहा है और मुझे विश्वास है कि लालमोहन बाबू के साथ भी यही बात है।

''आप क्या लिख रहे हैं, यह जानने के लिए सभीके मन में कौतूहल होगा, लेकिन मेरे अतिरिक्त सभी आदमी मेज की दूसरी दिशा में बैठे हैं। उनके लिए लिखावट पढ़ना संभव नहीं है। मैं यदि सबकी सुविधा के लिए पढ़ दूं तो इसमें आपको कोई आपत्ति है ?''

''मुझे कोई आपत्ति नहीं है,'' मृगांक बाबू ने कहा, ''आप आजादी से सबको पढ़कर सुना सकते हैं। आप एक ही बात पूछना चाहते हैं न ?''

''तीन बातें—डाकुओं का परिचय, हत्यारे का परिचय और कब, किस तरह हत्या की गई।''

''अच्छी बात है।'' मृगांक बाबू ने कहा।

८

पांच मिनट के अन्दर जब तुलसी बाबू नहीं पहुंचे तो मृगांक बाबू ने काम शुरू कर देने का निश्चय किया। मैंने मन-ही-मन सोचा, तुलसी बाबू इस घटना का बहुत-कुछ देख चुके हैं, अगर सम्पूर्ण नहीं देखते हैं तो भी काम चल जाएगा।

"कृपया अपने-अपने हाथों की उंगलियां फैलाकर इस मेज पर रख दें।"

लकड़ी की मेज पर सभीके द्वारा हाथ रखने पर खट-खट आवाज हुई और वह आवाज इसलिए हुईकि लालमोहन बाबू की थरथराती उंगलियों ने मेज पर तबले का ठेका आरंभ कर दिया था। लालमोहन बाबू ने अपने दांतों को कसकर भींचा और हाथों को स्थिर किया।

मृगांक बाबू की आंखें बन्द हैं, होंठ हिल रहे हैं। चारों तरफ निस्तब्धता छाई रहने की वजह से समझ में आ गया कि वे बुड़बुड़ाते हुए किसी श्लोक का उच्चारण कर रहे हैं।

एक मिनट के बाद उनकी बुड़बुड़ाहट भी बन्द हो गई। अब वैसी निस्तब्धता छा गई जिसे अंग्रेजी में 'डेडली साइलेंस' कहते हैं। दीये की बाती कांप रही है और उसके इर्द-गिर्द तीन पतंगें मंडरा रहे हैं। कमरे के चारों तरफ की दीवारों पर चार आदमियों की परछाइयां थरथरा रही हैं। फेलूदा की ओर तिरछी निगाह से ताकने पर भी उसके मन की हालत समझ में नहीं आई। उसके जबड़े भिंचे हैं, पलकें जैसे गिरने का नाम ही नहीं ले रही हैं और दृष्टि मृगांक बाबू पर टिकी है। मृगांक बाबू पत्थर की मूर्ति जैसे लग रहे हैं। इस बीच कब पेंसिल उनके हाथ में पहुंच गई है, पता नहीं! अभी वह कापी के सफेद पृष्ठ पर पड़ी है, उसका नुकीला

हिस्सा कागज पर टिका हुआ है।

अब मृगांक बाबू के होंठ थरथराने लगे हैं। माथे पर पसीने की बूंदें छलछला आई हैं। मेरी बगल में फिर तबले का ठेका शुरू हो गया है, अब आवाज बदस्तूर भुतहा जैसी लग रही है। इस हालत में बहुतों के हाथ कांप सकते हैं मगर मेरी सिर्फ छाती की धड़कन ही तेज हुई है।

"जीवनलाल, जीवनलाल, जीवनलाल..."

बहुत ही धीमे स्वर में तीन बार इस नाम का उच्चारण किया गया। मृगांक बाबू के होंठ हिले या नहीं, इसका भी भली भांति पता नहीं चला। "आ गए हैं ? आप आ गए हैं ?"

यह सवाल हमारे पीछे से आया और हम चिहुंक उठे। अब समझ गया कि नित्यानन्द कौन-सी भूमिका निभाता है। मृगांक बाबू स्वयं इस स्थिति में बातचीत नहीं करते हैं। शायद बोलना संभव भी नहीं है। "आ गया हूं।"

यह फेलूदा की आवाज थी। कापी में जो लिखा गया था, फेलूदा ने उसीको पढ़कर बताया था।

मेरी आंखें मृगांक बाबू के हाथ की ओर गईं। पीछे से सवाल आया, "तुम कहां हो ?"

"निकट ही"—फेलूदा ने पढ़कर सुनाया।

"तुमसे कुछ सवाल किए जाएंगे, उनका जवाब तुम दे सकोगे ?" पेंसिल हिल-डुल उठी।

"सकूंगा"—फेलूदा ने पढ़कर बताया।

"सन्दूक खोलकर रुपया किसने लिया ?"—"मैंने।"

"तुम्हारी जिसने हत्या की, उसे तुमने देखा था ?"—"हां।"

"पहचान लिया था ?"—"हां।"

"वह कौन है ?"—"बाबूजी।"

मगर इसकी जानकारी प्राप्त नहीं हो सकी कि किस तरह हत्या की गई थी ! क्योंकि यह सवाल करते ही फेलूदा ने तत्काल कहा, "इसीसे काम चल जाएगा।" और फेलूदा उठकर खड़ा हो गया। उसके बाद मेरी ओर मुड़कर बोला, "तपेश, उस लालटेन को ले आओ तो—दरवाजे के

बाहर रखी हुई है। बहुत ही कम रोशनी है।"

हतप्रभ होकर मैंने लालटेन लाकर मेज पर रख दी।

फेलूदा ने मृगांक बाबू के सामने से कागज उठा लिया। उसके बाद जितने उत्तर थे, उनकी ओर सरसरी निगाह दौड़ाते हुए बोला, "मृगांक बाबू, मुझे लगता है, आपकी आत्मा अब तक त्रिकालज्ञ नहीं हो पाई है, क्योंकि प्रश्नोत्तर में कुछेक गलतियां मिल रही हैं।"

मृगांक बाबू ने झुंझलाकर फेलूदा की ओर देखा, जैसे वे एक ही दृष्टि में फेलूदा को भस्मीभूत कर देंगे। फेलूदा ने उसकी परवाह न कर कहना शुरू किया, "मसलन, उनसे पूछा जाता है कि सन्दूक खोलकर रुपया किसने लिया, तो उत्तर मिलता है—'मैंने'। मगर सन्दूक में तो रुपया था ही नहीं, मृगांक बाबू!"

जादू की तरह मृगांक बाबू के चेहरे पर से क्रोध का भाव विलीन हो गया और उसकी जगह संशय का भाव उभर आया। फेलूदा ने कहा, "रुपया नहीं था, इसलिए कह रहा हूं कि सन्दूक जीवनलाल ने नहीं, प्रदोषचन्द्र मित्र ने खोला था। इतना जरूर है कि जीवन बाबू ने इस काम में मेरी मदद की थी। उन्होंने ही आधी रात में दरवाजा खोलकर मुझे अन्दर जाने दिया था, उन्होंने ही बताया था कि उनके पिताजी के तकिये के नीचे सन्दूक की चाबी रहती है। भोलानाथ बाबू और श्यामलाल बाबू को बांधने में भी उन्होंने मेरी मदद की थी। खैर, सन्दूक में जो चीज थी, वह है…"

फेलूदा ने जेब से एक कागज निकाला। यह भी कापी का ही कागज है और इसमें भी पेंसिल से ही लिखा हुआ है।

"यही कागज है जिसकी मैंने श्यामलाल बाबू से मांग की थी और मुझे मिला नहीं था। इसकी जरूरत इसलिए पड़ी थी कि मृगांक बाबू के बारे में मेरे मन में शंका उत्पन्न हुई थी और वह शंका उसी दिन हुई थी जिस दिन मैंने उनसे पहले-पहल मिला था। मुझसे परिचय होने के बाद ही उन्होंने बहाना बनाया था कि मेरे नाम और पेशे की जानकारी उन्हें अलौकिक उपाय से प्राप्त हुई है। दरअसल तुलसी बाबू उन्हें इस बात की सूचना पहले ही दे चुके थे। है न यह बात, तुलसी बाबू?"

तुलसी बाबू इस बीच कब अंधेरे कमरे के अन्दर जाकर मोढ़े पर बैठ चुके हैं, इसपर ध्यान नहीं गया था। वे फेलूदा की बात से घबराकर दुविधा-भरे स्वर में बोले, "मतलब है कि, वो, अगर आपके मन में थोड़ा भक्ति-भाव पैदा···"

फेलूदा ने उनकी बात काटते हुए कहा, "मैं आपको दोषी नहीं ठहरा रहा हूं, तुलसी बाबू ! आप स्वयं को महान् साबित करने की कोशिश नहीं करते हैं। मगर ये करते हैं। खैर, इस ढकोसले की बू पाते ही मैं कागज प्राप्त करने के लिए कटिबद्ध हो गया। मुझे आशा थी, श्यामलाल बाबू के बारे में मेरे मन में जो खटका है, उसका उत्तर इस कागज में मिलेगा।"

दीये की रोशनी में ही समझ में आ गया कि मृगांक बाबू का माथा पसीने से भीग गया है। फेलूदा ने कागज को रोशनी में रखकर कहा, "दुर्लभ मल्लिक की आत्मा ने इस कागज में अपने लड़के के कुछ प्रश्नों का उत्तर दिया है। प्रश्न चूंकि जबानी पूछे गए थे, इसलिए इसमें लिखे हुए नहीं हैं। मगर उत्तर से प्रश्नों का अनुमान लगाया जा सकता है। मैंने उत्तर की बगल में उन्हें लिख लिया है, और उसी तरह पढ़कर सुना रहा हूं। अगर मुझसे गलती हो जाए तो आप उसे संशोधित कर दीजिएगा, मृगांक बाबू !"

मृगांक बाबू की तेज सांस से दीये की बाती कांप-कांप उठती है। फेलूदा ने पढ़ना शुरू किया :

"प्रश्न-संख्या एक—मेरा शत्रु कौन है ? उत्तर—घर में ही है। वह क्या मेरी मृत्यु की कामना करता है ?—नहीं। फिर क्या चाहता है ?—रुपया। रुपये की हिफाजत का क्या उपाय है ?—सन्दूक में मत रखो। कहां रखूं ?—जमीन के नीचे। कहां ?—बगीचे में। बगीचे में कहां ?—उत्तर की ओर। उत्तर की ओर कहां ?—आम के पेड़ के नीचे। किस आम के पेड़ के नीचे ?—दीवार के सूराख की तरफ।"

फेलूदा ने हाथ के कागज को मेज पर रखकर कहा, "श्यामलाल बाबू के तलुवे की मिट्टी और उनकी देह में मच्छरों के डंक के दाग देखकर मुझे लगा था कि वे किसी वजह से बगीचे के अन्दर गए थे और वहां थोड़ा वक्त गुजारकर आए हैं। आज मुझे पता चल गया कि वे इस कागज—

यानी मृगांक बाबू—के आदेश पर सन्दूक से रुपये की पेटी निकालकर जमीन के अन्दर गाड़ने गए थे। रुपया छिपाकर रखने की यह पुरानी परिपाटी श्यामलाल बाबू को पसन्द आएगी, यह बात मृगांक बाबू की समझ में आ गई थी। इस रुपये के प्रति मृगांक बाबू को बहुत दिनों से लोभ है, मगर विश्वस्त भोलानाथ जितने दिनों तक है, सन्दूक के पास पहुंचना मुश्किल है। शुरू में उन्होंने इस बात की कोशिश की थी कि श्यामलाल बाबू के मन में भोलानाथ बाबू के प्रति सन्देह पैदा कर उसे हटवा दें। मगर उसमें कामयाब नहीं हो सके। मगर उसी समय एक आश्चर्यजनक मौका मिल गया। श्यामलाल बाबू ने ही आत्मा बुलाने के लिए मृगांक बाबू को बुला भेजा। मृगांक बाबू चूंकि बहुत चतुर हैं, इसलिए उन्होंने एक ही ढेले से दो शिकार किए—श्यामलाल बाबू के घर के आदमी को ही शत्रु बना दिया और रुपये की पेटी सन्दूक से बाहर निकलवाकर बगीचे में मंगवा ली। वही पेटी कल शाम में···"

आवाज सुनकर पीछे की ओर मुड़कर देखा तो भांजे को बेंच छोड़कर दरवाजे की तरफ छलांग लगाते देखा। मगर वह कमरे से बाहर नहीं भाग सका, क्योंकि दो मजबूत हाथों ने उसे रोक लिया था। अब हाथ का मालिक भांजे के साथ अन्दर घुसा। अरे, यह तो सुधाकर दरोगा है! दरोगाजी ने कहा, "पेटी मिल गई है, मिस्टर मित्तिर! एक ट्रंक के बीच कपड़ों के नीचे रखी हुई थी। मनीश—दो तो।"

एक कान्स्टेबल स्टीलका एक बक्सा लिए कमरे के अन्दर आया और उसे मेज पर रख दिया।

"इसका तो ताला तोड़ ही डाला गया है।" फेलूदा ने कहा।

पेटी खोलने पर लालटेन और दीये की रोशनी में एक सौ रुपये के नोटों के अनगिन बंडलों को देखते ही मेरी समझ में आ गया कि इतना रुपया मैंने एकसाथ कभी नहीं देखा है।

"मगर हत्या?" मृगांक बाबू एकाएक चिल्ला उठे, "हत्या किसने की? हत्या तो मैंने नहीं की है!"

"हत्या एक ही आदमी ने की है, मृगांक बाबू!" फेलूदा की आवाज ऐसी थी, जैसे म्यान से बाहर निकली हुई तलवार हो। "और उसका भी

नाम है प्रदोषचन्द्र मित्र। हत्या हुई है तो वह आपके ढकोसले, शैतानी और लोभ की हुई है। इनमें से कोई वस्तु किसी दिन अपना सिर ऊंचा नहीं कर सकेगी, क्योंकि सबको पता चल जाएगा कि आप आज अपनी शक्ति से एक जीवित आदमी की आत्मा को परलोक से अपने इस मकान में ले आए हैं। आइए, जीवन बाबू !''

अब पिछवाड़े के नहीं, बल्कि सामने के दरवाजे से जीवनलाल मल्लिक ने प्रवेश किया। उनपर नजर पड़ते ही मृगांक बाबू जिन शब्दों का उच्चारण कर चीख उठे, वह लालमोहन बाबू के विश्वास के अनुसार 'हा हतोस्मि' है, मगर मैंने सुना—'हाय, हाथ में हथकड़ी' !

इतना जरूर है कि हाथों में हथकड़ी डाली गई थी। सुधाकर बाबू की बस एक ही शिकायत थी, ''व्यर्थ ही हमसे दो तालाबों में जाल डलवाया।''

''आप क्या कह रहे हैं सुधाकर बाबू,'' फेलूदा ने कहा, ''जीवन बाबू की हत्या की गई है, यह धारणा अगर सबके मन में नहीं बिठा दी जाती तो मृगांक बाबू का ढकोसला सबूत के साथ कैसे पकड़ में आता ?''

जीवन बाबू की हत्या की बात सिर्फ मृगांक बाबू को काबू में लाने के लिए ही फैलाई गई थी। योजना बनाकर रूपरेखा तैयार की गई थी। इधर फेलूदा और मैं औरउधर लालमोहन बाबू और भोलानाथ बाबू जब उठकर चले गए थे तो जीवनबाबू बगीचे से उठकर अपने घर लौटकर चले गए थे और दोमंजिले के पिछले हिस्से के एक गोदाम में जाकर छिप गए थे। जाने के समय दादीजी ने देख लिया था, मगर फेलूदा ने बात संभाल ली थी। आज शाम को वे घर से इसलिए बाहर निकल आए थे कि मृगांक बाबू की गोष्ठी के अन्त में अपने-आपको प्रकट करेंगे। उसी समय, दूर से बंसत्रारी में हम लोगों पर नजर पड़ जाने के कारण उन्हें चमगादड़-काली मंदिर में घुसकर लाश का रूप धारण करना पड़ा था।

रात खाने के समय तुलसी बाबू ने झिझकते हुए फेलूदा से कहा

"आप मुझसे असंतुष्ट तो नहीं होंगे ?"

"असंतुष्ट ?" फेलूदा ने कहा, "आपने मेरी कितनी सहायता की है, आपको मालूम है ? वह उस दिन मेरे नाम पर पहेली न बुझाता तो मुझे उसपर सन्देह ही नहीं होता। मुझे आपको धन्यवाद देना चाहिए।"

आज जीवन बाबू हमारे घर की ओर आ रहे हैं। बोले, "बाहर निकलने के पहले बाबूजी को प्रणाम करके आया हूं।"

"आपको कैसा महसूस हुआ ?"

"आश्चर्य में खो जाना पड़ा," जीवन बाबू ने कहा, "मेरे सिर को सहलाते हुए पूछा, कारोबार कैसा चल रहा है ?"

लालमोहन बाबू अब तक मछली का माथा चबा रहे थे, इसीलिए खामोश थे। अब वे तुलसीदास बाबू की ओर मुड़कर बोले, "फिर कल का वो···?"

"आयोजित होगा ही। अब कोई अड़चन नहीं है।"

"वेरी गुड ! मेरा वो भी तैयार है।"

●●●